李长声

著

The chitchat of Scarecrow.

案山子闲话

SPM 南方出版传媒 花城出版社
中国·广州

图书在版编目（CIP）数据

案山子闲话 / 李长声著. -- 广州：花城出版社，2021.1
　　ISBN 978-7-5360-9246-4

Ⅰ．①案… Ⅱ．①李… Ⅲ．①散文集－中国－当代 Ⅳ．①I267

中国版本图书馆CIP数据核字(2020)第198232号

出 版 人：	肖延兵
责任编辑：	揭莉琳
技术编辑：	凌春梅
封面设计：	白砚川
内文版式：	庄海萌
封面图画：	狐狸狐狸鱼
摄　　影：	李长声

书　　名	案山子闲话 ANSHANZI XIANHUA
出版发行	花城出版社 （广州市环市东路水荫路11号）
经　　销	全国新华书店
印　　刷	佛山市迎高彩印有限公司 （佛山市顺德区陈村镇广隆工业区兴业七路9号）
开　　本	880毫米×1230毫米　32开
印　　张	8.5　1插页
字　　数	155,000字
版　　次	2021年1月第1版　2021年1月第1次印刷
定　　价	59.80元

如发现印装质量问题，请直接与印刷厂联系调换。
购书热线：020-37604658　37602954
花城出版社网站：http://www.fcph.com.cn

作者李长声

代序

风流本事
傅月庵

世缘难说。

我从没想过有一天会认识李长声,尤其当我还仅是距离他很遥远的一名读者之时。

那是一九九〇年前后的事了。他早已东渡日本,我则还是历史研究所里的研究生。彼时,两岸交流不算热络,我却已为北京三联的《读书》杂志所倾倒,深深着迷于其中的书话文章,以及黄裳、吴岳添、冯亦代、恺蒂、董鼎山、董乐山等人的专栏。当然,还有李长声,他的《日知漫录》是我每期必读的,无论谈日本出版过去与现在,还是新旧作家轶闻韵事、日本习俗掌故……无不让我倾心备至,深感断裂了的珠链终于又串接回来了。

我一直对日本充满好奇,自小爱读相关文章。二十世纪六七十年代，从乐恕人、司马桑敦，一直到李嘉、余阿勋等人的通讯，几乎就是读着长大的。这几位先生文采风流，无论政事文化，都可谈得丝丝入扣，雅俗共赏。八十年代中期，此诸老成接连凋零，报刊常见多为轻薄的"哈日"文章，双目曾经秋水洗的我，总觉得再没有什么可读，一手珍珠链环就此断裂。

直到发现李长声，一试成主顾，黏着不肯走，从此四处搜索，乃热心《读书》了。

如果说小说像大屋，楼阁亭榭，纷然林立，曲径通幽，一间一间房走过去，怡然自得，最后登堂入奥，探龙颔而得骊珠，乃欢然呼归；那么，散文当如一扇门，尤其随笔（essay），总得有些启蒙光芒才算数。作者以他的渊博精深为读者开启一个世界，以他的识见观点为读者指点一条道路。通过这扇门，走上那条路，读者眼前乃明亮许多，胸襟遂复开拓不少。

李长声随笔之佳妙，正似推开一扇门，让人直接进入日本文化脉络，满目皆绿，触手得趣。樱花、日出、河豚、鳗鱼、羊羹、清酒怎么来的？岁时行事里居何地位？艺伎俳句汉字天皇《君之代》妙在哪里？与时推移今如何？更不用说一个接一个的作家名著，司马辽太郎的史观、藤泽周平的柔情、谷崎永井的时代之风、三岛川端的师生情结，这都还是出了名的"文学"范畴；至若涩泽龙彦的另类、鲁山人的狂野、大宅壮一的尖锐，"一亿日本尽白痴""年收的五倍，总算能买块墓地"……这可不是什么"日本通"都告诉你的"非文学"事项。除非真正入乎其中，得其肯綮者。

然而，若仅仅是博大深入，网络时代里，天道酬勤，只要你会你肯搜寻，多数资料早晚总可到手。重点是，如何从漫天资料里出头天，且能烛照远近，运用自如？尤其对于日本这样一个国家，百年恩怨难说，父祖情仇未泯，该怎样看待，方始不让心中那个"民族主义鬼"占了上风，一竿子打翻一个国家一种文化？或是被"功利主义鬼"熏黑了心头，一见日头就低头？换言之，得能不卑不亢，站在一个中国人的平常心观点去点检日本种种，或者点头，或者摇头，这，恐怕是最难的了。百年和风日雨吹拂下，犹能保住汉家主体性者，毕竟几人能够？就连号称知日最深的知堂老人，最终也被风吹雨打去，遑论其他矣。

一九八〇年代，泡沫经济此涌彼出，"日"如中天，连欧美洋人都不得不竖起大拇指称它"日本第一"，驯至"日本可以说NO"之语，不绝于耳。李长声于一九八八年渡日东游，就此羁旅落户，"勤工观社会，博览著文章"。两年之后，泡沫接连破灭，"平成大萧条"始焉，一条通至今，元气未复。或许瞬息繁华，曾经我"眼看他起朱楼，眼看他宴宾客，眼看他楼塌了"，李长声因此较能以平常心看待日本文化与社会吧。

但，这也仅是时代因素，最重要的还是人的性格。

二〇〇五年夏天，当时我已是台北一家出版社的编辑，闲暇也写文章自娱娱人。某日，某同业来访，希望我能为他们新辟的"日本时代小说"系列提意见也写导读。"出意见没问题，写导读实在功力不足！"我说，"这系列想搞定，非得找到一个名叫李长声的人不可！"于是点检书箧，比手画脚，将此君的"丰功伟业"一一告知。心里不存多少希望,却有奢想:若能找到了,顺风搭船,我或者有幸也能帮他编本书。

道假诸缘,复须时熟;因缘至,则梅子落。没想到透过网络,竟然真就把常时在东京湾居酒屋里客串风来坊①的李长声给找了出来。而我,也在当了十多年忠实读者后,有缘得识君,且真的为他在台湾出了书。在东京、在北京、在台北,还都见了面,喝着酒,白天夜里,聊了又聊,堪称一见如故,人生大好!于今十多年又过去,继续为他编书看他文章,越编越开心,越看越好看,最终甚至结拜成兄弟。这是因书结缘,也是气味相投,间关万里,照样能感通来相会,陶渊明诗云:"落地为兄弟,何必骨肉亲。"真是一点也没错!

人的性格,面向多有,一言难尽;或可一语带过,略窥端倪。结识至今,谈起长声大哥,我总会想到两个字:风流。风流者何?仅说"品格",那是拘谨了,更深一层挖掘,应当是一种从容坦荡的意趣。这种意趣,部分可由后天教养获致,多半却还是得自天性。天性者何?童心也。

> 夫童心者,绝假纯真,最初一念之本心也。若夫失却童心,便失却真心;失却真心,便失却真人。人而非真,全不复有初矣。

这是明人李贽《童心说》所言。多半的人,经过学习,闻

---

① 风来坊,日语词汇,意为像风吹过一样来去不明的人。——编注

见道理入,童心多失。迨至"名场阅历莽无涯""美人经卷葬年华"之时,则遍体鳞伤,以假作真矣。假人假语,自无所谓的"主体性"。

反之,童心未泯者,心无所偏,对于万事万物总有些好奇,总有兴趣追根究底,只要"好玩""有趣",便可不计毁誉,自得其乐。长声大哥年过花甲,得天独厚,童心灿然,待人接物,总不嫌烦。譬如他居停东京,来往友人如织,一到必去拜访,拜访便要出游。文人所爱,不过那几个地方几件事。光"神田买书",我看就不知陪了多少次了。有时要他别陪,免得无聊,他却直说:"没事,我行!"你以为他谦让,可真到了神田,却发现他总能自得其乐,或者找到一本书,立读起来;或者闲看来往仕女,待会儿告诉你观察所得,津津有味。买书如此,逛街如此,吃喝泡汤莫不如此。若非真心,哪得闲适如许?哪能见人所不见?

这种真,表现在文章里,文字利索之外,"自嘲嘲人"是最大特色。譬如他曾写过一篇名文《阿Q的长凳》,旨在辩驳侨居异邦素所常闻"融入主流社会,弘扬中华文化"云云。他先以鲁迅笔下"阿Q的长凳"剀切譬喻之,接着翻找出香港女艺人陈美玲坚持弘扬中华文化,带孩子上班,女作家林真理子写文章,劝她"算了吧,美玲",引起一场媒体论争的往事,说明"弘扬中华文化"之大不易。最后干脆明讲,娓娓自揭:

我们常说中国有这样那样的好传统,现实生活里却不大见,令人怀疑类似说咱祖上也阔过。书上说的,孔子说的,说的未必是现实,如中庸之道什么的,不过是孔夫子立的标杆而已,他本人也做不到,以致常被弟子抓到话柄。正因为谁也做不到,才能两千年来心向往之。说一些做不到的话,这正是中华文化的浪漫之处。

敢于自嘲者,自然也就能嘲人。讲到自己,多半痛下针砭的长声大哥,对于日本,自有一种泱泱,话不多,却能很准确地戳人一下,类如村童的促狭。譬如谈《日本与日出》,从日本元旦看日出的习俗起笔,转叙到史书记载"日出处天子""十七条宪法""遣隋使"种种,然后说"到了唐代,日本终于按照中国人的意思改名叫'日本'"。眼看文章即此可告终,谁知他还要再加一段:

  对于日本人来说,大洋彼岸的美国才是日出处,好像这几十年他们就是这么想的。

乍看没头没脑,仔细一想,这是地理的事实,也是历史的事实,更是日本战后"不好说的秘密"。经此一嘲一戳一转弯,文章遂主体嶷然,余韵无穷,我们也仿佛看到背后带着招牌微笑的李长声其人了。

"有人问我何年住,坐久才方省得来。门外碧桃亲手种,春光二十度花开。"(石屋清珙禅师"山居诗")长声大哥东渡三十载,随处做主,立处皆真,随笔有个"我",闲话遂不仅是闲话,而是一种风流淌溢了。

目录

前言　闲话案山子　　　　　1

日出读

红包　　　　　　　　　　　7
白与黑　　　　　　　　　　10
11.10　　　　　　　　　　 13
过马路　　　　　　　　　　19
让座　　　　　　　　　　　24
和食　　　　　　　　　　　27
汉字误人　　　　　　　　　31
茶道的禅味　　　　　　　　34
梅原猛　　　　　　　　　　40
陈舜臣的中国历史随笔　　　43
读出另一个京都　　　　　　47
赏樱经济学　　　　　　　　53
面临灭亡的，何止方言　　　57
脱鞋之玄　　　　　　　　　67
要求太多的餐馆　　　　　　71
日本自画像　　　　　　　　78
菊是什么菊，刀是什么刀　　86
文学与绘画（一）　　　　　89
文学与绘画（二）　　　　　93
苍狼之争　　　　　　　　　97
放火的文学　　　　　　　　100
"杂志王"野间清治　　　　 109
闲在日本读鲁迅　　　　　　134
读与写　　　　　　　　　　148

日边吟

天河横佐渡　　155
咏樱　　160
杀生石　　165
山寺蝉声　　169
萩　　173
芭蕉墓　　177
荞麦面　　181
香鱼　　185
近江风情　　189
五月雨　　192

日没饮

书要读好书，酒要喝清酒　　197
人到冲绳喝泡盛　　206
烧酎清凉些　　216
不爱吃拉麺　　224
福神渍　　236
荞面馆的酒　　240
茶泡饭的滋味　　243
京都菜　　246
村上好酒　　252

前言

闲话案山子

案山子，就是稻草人。

宋人利登有一首七绝，云："小雨初晴岁事新，一犁江上趁初春，豆畦种罢无人守，缚得黄茅更似人。"这个守豆畦的黄茅人，后来我们叫稻草人，日本叫它卡卡西，写作"案山子"。这三字让我们莫名其妙，其实，日本人自己也闹不清它的来处。周作人写过一篇《案山子》，日本汉字研究家白川静在随笔里大加引用，却也像是糊涂账。周作人的醉翁之意是批评胡适之的译诗，把吓狼的柴火翻译成刍人，倘若钱锺书有知，怕是要称之为胡译。卡卡西又写作"鹿惊"，换作我们的语序为"惊鹿"，倒可以望文生义。以前有人把英语的scarecrow译作吓鸦，用意和惊鹿差不多。

叶圣陶写过稻草人，从网上拷贝过来，这样写的："稻草人是农人亲手造的。他的骨架子是竹园里的细竹枝,他的肌肉、皮肤是隔年的黄稻草。破竹篮子、残荷叶都可以做他的帽子;帽子下面的脸平板板的,分不清哪里是鼻子,哪里是眼睛。他的手没有手指,却拿着一把破扇子——其实也不能算拿,不过用线拴住扇柄,挂在手上罢了。他的骨架子长得很,脚底下还有一段,农人把这一段插在田地中间的泥土里,他就整天整夜站在那里了。"

如果是站在水田里,它就还有一段没在水中,所以十八世纪的俳人与谢芜村写俳句:"田里放掉水,案山子的细腿看着更高了。"我在日本吃了多年白米饭,却不曾亲近过水稻。将夏目漱石的《猫传》改题为《我是猫》的俳人高滨虚子说,芜村写的是"实景",真的很有趣。用来吓鸟兽,有点死诸葛吓走活司马的意思,这个发明应该是自然而然的事情,附加许多的传说甚至宗教好像很文化,却未免无聊。如今有各种新法驱逐鸟兽,少用案山子,有的地方就把它搞成田头艺术,招徕游客。日本人爱学习,做个稻草人也有人教。骨架子用两根木或竹搭成十字架,套一件衣裳,怪不得俳圣松尾芭蕉吟道:"夜半难眠,想借来案山子的衣袖御霜寒。"高滨虚子遇雨,不仅想,干脆偷了来,也写成俳句:"偷来案山子的斗笠,秋雨猛打呀。"我觉得奇怪,日本人爱用扇子,案山子却没有"拿着一把破扇子"的。

案山子的引申义是无能的人,徒有其表。叶圣陶的稻草人知道自己柔弱无能,终于"倒在田地中间"。每事起,有人吵吵,有人嗷嗷,有人窃窃,但终究大都像稻草人一样立在那里不动。大树也只能遮住自己头顶那片天，虽然风吹树叶，响动传得远。

案山子的叫法听来很有点禅味，令我没来由地喜欢。闲话还是闲话，冠以案山子，闲话毕竟无大用。很多事我们都无能为力，却还得活下去，到底不能像稻草人那样倒地，这就是"生命尊严"。

偶遇揭莉琳编辑，得以再续和花城出版社的前缘——恰好十年前（二〇一〇年），出版过一本小书《日下散记》。可惜我的书多是一锤子买卖，日本就叫作"万年初版作家"，希望这本书能打破宿命。读者是上帝，上帝与我同在。

 日出读

红包

我身体还算好,但侨居日本三十年,医院也去过好多家。就我的体验,日本的医生态度好,却未必认真,医术更不见得高明。而那种态度,与其说是医德,不如说是一个人应有的教养,医生和患者双方都应有。

在网上读一个外科医生的手记,叫《日日是绝笔》。不消说,题目是改了创立云门宗的文偃禅师所悟得的"日日是好日",日本人特别喜欢这一句,到处可见。作者叫中山祐次郎,八〇后,现任福岛县一个病院的外科主任医师,手记连载已一年有余。"病院",这个称呼是江户时代从中国拿来的,医疗法规定须备有二十张以上的病床。"诊疗所"是个人开办的,规模比较小,也叫作"医院",专科诊疗所又常用英语的

"clinic"。病院门诊的患者和医生比率为四十比一，诊疗所一个医生看多看少无规定。

今天（二〇一八年一月十七日）读到第二十二回，写的是医生收红包。

红包，日语叫"袖下"。和服是长袍大袖，袖子的肘下部分像悬了一个口袋，如果住温泉旅馆，就可以把钥匙、手机等放在里面携带。江户年间商家被找上门来，就用纸包了钱塞进衙役的袖筒里，以求了事。当然是俗语。过去医生收礼用的是德语geschenkt。虽然被美国的炮舰敲开了锁国的大门，但明治以后日本学的是西欧，医学则基本学德国。

曾听说日本有一句口号：患者的一个橘子也不收。但是据作者引用的数据，问卷调查二千零六十五名医生，结果有百分之十八点四的人不收红包，百分之三十八点二的人尊重患者方面的心情基本收，百分之四十的人基本不收，但有时也不拒绝。

他说，送红包多是在手术或治疗之前，求医生好好治，也有在出院之际，表示感谢。他担当执刀医生、主治医生，患者说"大夫，这个"，就往白大褂的口袋里塞。固辞不受，很多人也硬塞。他认识好些大名鼎鼎的医生都随手接过去。某非常有名的病院薪水低，医生把红包当奖金。甚至有家大病院，今晚要聚饮，就去查一圈单人病房收钱。

还记得二〇一六年春夏之交，TBS电视台邀集五十名癌症名医出演，问他们是否收红包，竟然有四十六人按键回答：收。一位妇科医生说他听说的：给大学附属病院教授的红包，二十万、三十万、五十万、一百万日元不等。也有的医生仁慈，有人借钱送礼，那是坚决不收的。至于富人嘛，可就像收一盒蛋糕。红包有效果吗？一进手术室就忘到了脑后，只想着提高成功率和学会的评价，但查房的时候会和蔼地问询几句。

中国叫红包，大概用红色包装。日本送礼通常装在白色信封里，医生说：最好装在茶色信封里，趁护士不注意的空当夹进病历当中，或者塞入口袋里。还有一招医生更欢迎：写一封感谢信，说"请您回家慢慢看"，里面藏着钱。要是让护士看见，没有她的份儿，那多不平等啊。

现今有些人争先恐后到日本看病，莫装作日本医生不收红包哟，他们可知道你是土豪。

白与黑

我好酒,也好书。囊中羞涩,酒与书不可得兼,我是舍酒而买书的,满纸黑字远胜过清亮亮的白酒。杯里乾坤小,书中日月长。虽然李白说"古来圣贤皆寂寞,唯有饮者留其名",但他的饮者之名全是靠他当上诗仙才留了下来,这两句诗至今犹朗朗上口。

喜欢书,却算不上读书家——这是日本的说法,也就是爱读书、读书多的人;至于一个月读一百本书甚至更多,那是以读书为业,不属于我们通常说的读书,不知其可也。日本人说到业余爱好,有的爱看电影,有的爱看棒球比赛,有的爱读书,我的读书即这种业余水平。

前几天去东大阪市参观了司马辽太郎纪念馆,不算大,建

旧书店一景

在故居的地盘上,安藤忠雄的设计,少不了混凝土墙壁。展厅一面是书架,顶天立地,据说司马藏书六万册,用二万册藏书和他的各种版本作品装饰成"书壁"。东京神保町传说,司马写历史小说,委托店家搜集资料,旧书店街上的相关书籍为之一空,所以漠然以为他的藏书应该更多些,却不如井上厦藏书十三万册,捐给家乡办了图书馆。我不藏书,对于书达不到拜物教境界,所谓不以物喜不以己悲,做到了一半。这两位小说家都很会写随笔,我爱读的也是他们的随笔,不大读小说。除非消闲或遣闷，别人的小说也很少读。

　　书中有乐趣，有知识，知识本身没有功利性。我不信一本书能改变人的命运，不信书里有黄金屋或者颜如玉，觉得有些人鼓吹读书无非古人所谓唯有读书高的现代版。也不信叔本华在《关于读书》中说的："纸上所写的思想一般不过是步行者留在沙上的足迹罢了。能看见他走过的路，但是要知道他在路上看见了什么，必须用自己的眼睛。"我觉得纸上所写，写得好的，不单有作者走过的路，也有他在路上看见的风景。

　　读书并不是孤独的，孤独另有来处。或许孤独了，拿起一本书，这时便开始和作者对话，无论他多么伟大，都可以肆无忌惮地争辩。青灯或荧光灯照着对话的世界，营造现实感。我的对话方式就是在书上画线、写字，大有脂砚斋批注之乐。好书要重读，主要读那些画线的地方。摘抄也好，但不能观照上下文，犹如折回来花枝，眼前不再是树，而是花瓶了。

　　初来日本的时候对出版大为惊奇，省吃俭用地买书，但图书泛滥，终于望洋兴叹了。畅销书也倒尽胃口，不再跟风买书读书。有时风过去了，窃喜没犯傻读那本书。住居附近有几处图书馆，藏书百万册，不趋时看新书的话，借书比买书划得来。但不能在书上画线，就读得郁闷。终于按捺不住，去书店买回来一本，边读边画，画得五颜六色，自有成就感。翻阅一过却画不上一笔，那才叫懊悔，不如买酒喝了。

11.10

  11月11日是中国的光棍节,大概太新了,还没有像西方的节日那样走向世界。日本也拿这一天当作一些事物的节日。例如,写作阿拉伯数字的1111像面条,所以是面条节;写作汉字的十一十一,则是鲑节,又是电池节,正负正负。

  那么,前一天呢?11月10日好像我国人民还不曾赋予它什么,日本却也附会几种节,例如厕所节。这是1986年日本厕所协会用1110的谐音制定的,有一点牵强。该协会由关心厕所问题的建筑家、设计家、行政人员、环境研究者、医生、画家、相关企业家等组成,致力于改善厕所环境,创造厕所文化。

  还有"无电柱化"的节,2014年制定,志在把街道上的电线杆子清零。理由呢?一是城市景观,有助于"观光立国";二

颇有日本特色的内街电柱

是防灾，据说阪神淡路大地震时损坏电柱八千多根，东日本大地震时损坏五万六千根，倒地的电柱和电线障碍了逃难或救援。2016年众议院国土交通委员会一致通过"无电柱化推进法"，不消说，痛立此法也为了2020年东京奥运会的日本形象。

　　日本人自认是电线杆子大国。全国有三千五百多万根电柱，还在以每年七万根的速度增加。柱头上仿佛缠挂拉扯着现代化，东京都中心地区只有百分之七的地方没有电线碍眼，那就得走到皇居周边，天空才豁然开朗。京都无电柱化将达到百分之二。与百分之百电线地下化的伦敦、巴黎、香港相比，日本大大地落后。不过，可能多数日本人无暇抬头看，游客甚或把电柱林立当作日本特色吧。建筑家芦原义信在《街景的美学》一书中写道："观察一下我国商店街的街景，很多招牌像袖子一样从建筑的外壁突出来，决定视觉构造之街景的不是建筑外壁，往往是这些突出来的东西。"靠招牌、广告牌认路的人或许就不该住在城市里。最近还见过摄影作品，画面上几条电线，停着几只鸟，大概摄影者把它媲美五线谱，却让人想起过去有诗人把工厂的黑烟形容为黑色的牡丹。

　　哲学家中岛义道出版过一本《丑陋日本的我》，显然书名是模仿川端康成的《美丽日本的我》和大江健三郎的《暧昧日本的我》，表明三个日本人对日本的三种看法，综合起来才是一个完整的日本。丑陋就是从电柱说起，他怒不可遏："我

电柱与樱花

奇怪得不得了，有如此美意识的国民为什么能忍受如此的猥琐杂乱。富得流油，若认真治理，立马就能把电柱电线从视野去掉，却为什么不做？建起壮丽的大楼，为什么用庞大的广告装饰？清静的景点为什么响彻雷鸣般的扩音器？如此爱自然的国民为什么不在乎破坏美丽的海岸线？稻田被修整得如同艺术作品，为什么把大得发傻的原色广告牌竖立在当中？"

说来日本从三十多年前的1986年开始治理电线杆子，成效甚微。伦敦在电灯取代煤气灯之初就把电线埋在了地下，日本是改造，一公里需要五亿多日元，耗资巨大。退而求其次，不用管道埋入地下，而是把大街的电线迁回到背巷。于是走进胡同，抬头电线如蛛网，脚下杂物夹道，待太阳不知在哪里西下，红灯笼亮起，烧鸟味儿弥漫，一胡同日本风情。东京时隔五十六年第二次举办奥运会，定于2020年7月24日开幕①，还剩下两个11月10日，只怕来不及把电线杆子从街头一扫而三光（电柱光，电线光，乌鸦没了落脚处，兴许也光光），会不会从《西游记》《封神榜》学来点障眼法什么的呢？

丸谷才一是文艺评论家，十几年前"六本木之丘"大厦落成时他也去观瞧，令他畅快的是没有电柱和电线，大概江户的

---

① 本文写于日本宣布东京奥运会延期之前。后亦有类似情况的文章，不再赘述。——编注

往昔也就是这番景象。他在随笔中写道:"十九世纪东西方文化大规模相遇时,西方在美的感受性领域得到很大收获,东方却为了换取科学技术的便利,失去了贵重的东西。空中的电线具体地告诉我们这种损失。"

日本美的本质是生活的艺术化,艺术的生活化,但俗话说,要豆包不要花,贫穷的现实主义使战败后日本把发展经济摆在第一位。可能是因为参照物不同,旅游过日本的国人几乎对各种景观都赞不绝口,简直要新编神话,却常见欧美人不以为然。例如阿列克斯·科尔,十多年前出版《狗与鬼——不为人知的日本肖像》,甚至说"日本非但不是我们一直所认为的现代成功国家,在有些方面不啻为当代的失败"。(此话见中文版作者序言)当然,我们来日本旅游的目的可以是休闲或者购物,以及享受它的服务,至于了解日本,那属于搂草打兔子。日本欢迎你来游,让你来了解乃至理解日本,实际上是一种高高在上的心态,大可不予理睬。游玩就是游玩,不必装考察者或研究者,没有义务也没有必要非认识日本之好或之坏不可,玩了一通之后回家该干啥干啥。如若有志趣考察,把日本当作他山之石也罢,借助钟馗打鬼或者浇胸中块垒也罢,似不妨学学欧美人看日本的眼光,也就是换位思考吧。

哦,我们的"国民大明星"高仓健于11月10日去世,一晃三年了。

过马路

北野武演电影、当导演很有名，但本业是电视上搞笑。东京有乌鸦不叫的时候，电视上没有听不见他公鸭嗓的时候。他说过，红灯大家一起闯就没事儿。不过，我侨居多年，没遇见过这样的场景。

记得三四十年前报纸上揭露资本主义社会的黑暗，登过一幅照片，只见一个日本老太太举着小旗过马路。来日本之后发现他们很爱举小旗，譬如一团团游客跟着小旗走。元月初二天皇接见，成群的国民挥舞小太阳旗，但没见过举旗过马路的，不由得感叹，今非昔比，日本是汽车给行人让路了。

不久前一位在日本大学当教师的英国人给报纸投稿，指出在没有信号灯的地方有人要过斑马线，很多汽车不停车。

黄色交通小旗

车水马龙的路口

他说英国绝没有这种事，澳大利亚也没有。他的孩子生长在日本，对"外国"司机停车大为惊诧。孩子的奶奶第一次来日本时差点儿在人行横道上丧命。孩子他妈是日本人，开车也不给行人让路，理由是：日本人怕给别人添麻烦，给他停车，他不认为实属正常，就会赶紧走，着急忙慌，反倒容易被对面来车撞上。

这个当妈的振振有词，不停车居然是出于对行人的爱护，要不然，可能麻烦就大了。但也有停车的，电视上播映过，小学生过马路之后回身给停车让路的司机鞠躬，令中国人大大地点赞。但问题来了——到底该不该停车？日本是有法可依的，道路交通法第三十八条规定：除了显然没有步行者或自行车的场合，必须以能在人行横道前停车的速度行驶，人行横道上有步行者或自行车时在停车线停止，不得妨碍其通行。所以，停车是法所当然的。看来这些小学生不懂法，以为叔叔阿姨好心肠，百忙之中停车等他们过马路。对守法要感谢的国家算不上法治国家。日本汽车联盟二〇一七年八月至九月调查了全国九十四处，一万零二百五十一辆汽车中仅有八百六十七辆停车，其余都该停不停。警察厅统计，二〇一六年车和人的交通事故中百分之三十发生在行人过人行横道时。所以，你来旅游可不要把日本想得太神话，以为来来往往的汽车必给你让路，何况醉驾也不少。

日本起码是二维的,像一张纸,翻过来还有一面。不单看光鲜的一面,也要看到粗糙的另一面,才能认识一个完整的日本。譬如听人夸日本有一个车站只为了一个学生上下学而存在,那个学生毕业就废弃了,叫人好感动。可实际上日本有不少这种几乎没有人乘降的车站,叫作"秘境站"。甚至有个叫牛山隆信的,头衔是秘境站探访家。搞笑艺人在秘境站守候,终于等到一位老太太下车,原来她丈夫生前是站长,所以对火车(电车)别有感情,不过更主要的原因是她不会开车,出门非坐车不可。

事关二〇二〇年东京奥运会,那位英国教师嘲讽地建议,如果做不到步行者优先,那就明确告诉外国游客,日本的规矩是人行横道不停车,以免他们冒冒失失给主人添麻烦。

让座

与中国相比，日本人乘车不让座，也没有售票员大喊"哪位给老先生让个座"，弄得不想被人看老的先生很有点狼狈。中国人热情起来常替人做主。不过，日本的各种车上基本都没有售票员。有意思的是都像天皇一样喜欢靠边儿，长椅边上的座位空出来，邻座拥有优先权似的，一屁股挪过去，站客转身要坐下，险些坐到粗的或细的大腿上。

看着眼前的日本，常想知道它过去什么样。就说让座吧。电影女明星原节子写过她的体验，那是日本战败之初的一九四六年——

"电车上拥挤不堪，闷热，孩子哭大人叫。坐着都觉得有点不好意思，我闭上眼睛。人们把东西放在我的膝盖上，齐胸高。忽然有暖乎乎的液体顺着小腿流到脚脖子，不用怀疑，是被推到我前面的妇人背上的孩子的……痒痒的，我默不作声。孩子大哭起来，可妇人被挤得无法哄孩子。我要让座，但膝上有东西，而物主都被挤到别处去了。怒声四起：'换个不哭的孩子来！''真讨厌，下去！'突然有人说：'闭嘴！嫌烦你就下去，也要替母亲想想，心里在哭哪！'这声音充满了叱咤三军的烈烈气魄，顿时车内消停了。"

诗人吉野弘

十多年之后，吉野弘写过一首诗《晚霞》：

"经常的事/电车满员。/而且/经常的事/小伙儿和姑娘落座/老人站着。/低着头的姑娘站起来/给老人让座。/老人赶紧坐下。/也不道声谢/老人下一站下车。/姑娘坐下。/别的老人从旁边/被挤到姑娘前面。/姑娘低着头。/但是/又站起/把座位/让给那个老人。/老人在下一站道谢下车。/姑娘坐下。/俗话说有两次就有三次/别的老人被推到/姑娘前面。/好可怜/姑娘低着头/这回没有站起来。下一站/下一站/紧咬下唇/僵硬着身体。/我下了电车。/拘谨低着头/姑娘坐到了哪里/有一颗温柔的心/随时随地/总是不知不觉地成为受难者。/要问为什么/因为有温柔的心/把他人的苦当作自己的苦。/被温柔的心折磨/姑娘能坐到哪里。/咬着下唇/心里苦涩/美丽的晚霞也不看。"

原节子大名鼎鼎，写这个随笔时影院正上映她主演的《我青春无悔》。可能吉野弘就不为我们中国读者所知了。一九四四年最后一批体检合格，还有五天入伍，战败了。投身于工会运动，累倒了，疗养期间有病友是诗人，也兴起写诗。自道"从根儿上是无产阶级"，一九五七年自费印行第一本诗集，从工人向诗人换位。他说："不是在诗中宣传思想，而是由于掌握了思想，看见了以前未进入视野的种种现象。"如果不分行，他的诗简直像散文。有人说那姑娘抑制利己主义让了两次座位，第三次不让了，乃是利己主义的复权。利己主义是实现自我的动力。呵呵。

吉野有一首《祝婚歌》经常被婚礼上朗诵。他放弃著作权，让人们当作民谣尽情地利用——

"为了二人和睦/糊涂点儿好/不要太优秀的好/太优秀不会持久这一点注意为好……"

和食

日本人长寿，说是与饮食有关，我却不大信。他们祖祖辈辈这么吃过来，以前寿命并不长，连那个要统一天下的织田信长也唱人生五十年。甲午战争前后日本人平均年龄，男性为42.80岁，女性为44.30岁。战败后的一九四七年男性50.06岁，女性53.96岁，终于超过了被部下叛变而自刃的织田信长。日本人自古被禁止吃四条腿的，明治维新后天皇带头吃牛肉。战败被美国占领，饮食美国化，就牛肉来说，人均消费量一九四六年是400克，一九六〇年代是1千克，一九八九年达到7.5千克。寿命却不断延长，一九六〇年男性65.32岁，女性70.19岁。半个多世纪后的二〇一六年男性80.98岁，女性87.14岁，创历史新高。但这个岁数还是得屈居第二，香港人才是世

和食套餐

界上寿命最长的。不消说,他们吃的是中餐,而且应该跟广东差不多,除了桌子和飞机,天上飞的、地下跑的逮啥吃啥。

日本把他们的传统饮食叫"和食"。据说日本还不叫日本的时候,岛上的人历尽风波,船终于靠岸,大陆上的人问他们从哪里来,他们就"哇、哇",于是被中国人记作"倭"。后来提高了文化水平,知道汉字是形声,又标音又表意,便觉得这个倭不雅,换用了"和"字,发音还是像乌鸦叫的"哇"。国家有了点模样又自称"大和"。武则天当皇帝的时候改叫"日本",好像对西边说:你们说太阳从东边升起,扶桑啦旸谷啦,我们就住在那里。"和歌"是与中国"汉诗"相对而言,"和食"比对的是欧美的"洋食"。先有洋食的概念,后有和食的自我认识,以至于自诩。

和食、日本料理,产生于室町时代(一三九二年至一五七三年),定型于江户时代(一六〇三年至一八六七年),这些名词却迟至一九八〇年代才出现在《国语大辞典》上。若严加区别,包括家常便饭在内的日本饮食统称为"和食",而"日本料理"指餐馆的菜肴。哈日族颠儿颠儿跑到日本来吃的"深夜食堂",那种档次的饭菜只有外国人才叫它"日本料理"。一百多年前我们借助日本词语学西方,现在又起劲儿拿来了"日本料理""刺身""寿司"等日本词语,连带的却是地道的日本文化了。

鱿鱼刺身

二〇一三年和食——日本人的传统食文化,被联合国教科文组织登记为非物质文化遗产。所谓传统食文化,这提法就好像其他人(民族)的食文化没有传统性,或者不足道似的。不过,某种事物申遗恐怕也表明它趋于衰落,需要借一块招牌来振兴。摧残传统食文化的,是美国小麦粉制作的面包,更是日本人自己研发的快餐面之类方便食品。中国有几大菜系,不好说哪方菜肴可出头代表中国。京都是千年古都,"京都料理"代表和食,然而,京都那里仿制或改造意大利菜的馆子居然比和食馆子多。未必有华人的地方就有金庸,倒是哪里有华人哪里就能吃到中国菜。二十世纪八十年代以来中国各地人拥来日本,开了很多中餐馆,盛况空前,也潜移默化地影响日本人口味,甚至吃起了四川麻辣。

汉字误人

我是一九八八年东渡的，赶上昭和尾。日月如梭，今年已经是平成三十年，侨居日本也就整整三十年了。明年（二〇一九年）老天皇退位，新天皇登基，又要改年号。这叫"一世一元之制"，明治维新时跟我大清学来的。昭和年代发生过战争，不大配"和"字，平成年间出现了经济不景气，颇有点不"成"，而新朝第一件大事是后年（二〇二〇年）日本又傲然亚洲第二次举办东京奥运会，应该取一个使人心一新的年号吧。

日本年号用汉字，采自中国的古典，我们看了也感到亲切。不过，积三十年之经验，我觉得汉字也常让我们汉字本家对日本产生误解。因为日语中的汉字早已变成了日语，却不知是自以为是，抑或自作多情，好些人不把人家日语当日语，望日文而生华义。例如"晚酌"，这是个日常用语，翻译过来就是晚饭时喝几杯小酒，但有人见了竟好似见到中国的诗词歌赋，惊呼日本人真雅，误解就这么产生。筷子不叫筷子，叫作"箸"；名片不叫名片，叫"名刺"，偏巧还记得"最笑近来黄叔度，自投名刺占陂湖"，唐代的诗句吧，东瀛犹是汉唐风，赞叹不已，日本人简直都不好意思活了。

"忖度"，意思仍然是中国原装的，平时很少用，可能好多日本人都不认识，更不知道它出自中国的《诗经》，近来却借着"忖度上意"的政治事件而流行，有中国人就扯到日本人具有中国古文的教养，真是会搞笑，只怕关于这个词的来源他也是从网上查来的。多次见到网上当作新鲜事，惊怪中国的词语很多是从明治时代的日本拿来的，这倒是不假，总不能因此说中国人都懂得日本古文吧。

我们爱用"精神"一词，而日本人爱用"美学"，我们说"雷锋精神"，他们可能说"雷锋的美学"。什么自杀美学、暴力美学，"乃木希典大将固执己见是他的美学""希望作为一个武士而死是三岛由纪夫的美学""小说家池波正太郎的餐桌美学"，此类说法比比皆是。"美学"在这里已不再是原来的哲学术语，意思是引申的，不大好翻译。若无其事地照搬过来，语言明了，意思不清，汉字的字面便给人造成一种印象，

摄于汉字博物馆·图书馆前

仿佛日本人爱美,有高度的审美修养。都使用汉字,看似便于交流,有时反而阻碍了我们深透地了解日本。

一般西方人读日本文学,例如夏目漱石的《心》、太宰治的《人间失格》,得到的印象是"日本人,奇怪","日本人,阴暗"。我们中国人常做出一副很明白日本的样子,大谈"传统"啦"细节"啦,似是而非。其实,对于别国的事情,我们的看法往往与本国人不同。例如周作人曾大赞"闲适的下驮",但谷崎润一郎遭遇了死亡十余万人的关东大地震,竟高起兴来,说这下子东京就能变漂亮了,男女老少穿西服,他的小女儿也不用坐在榻榻米上,再也不用穿沉甸甸的"下驮"——木屐。

茶道的禅味

周作人说:"茶道的意思,用平凡的话来说,可以称作'忙里偷闲,苦中作乐',在不完全的现世享乐一点美与和谐,在刹那间体会永久,是日本之'象征的文化'里的一种代表艺术。"

所谓忙里偷闲,苦中作乐,大概像一副对子说的,"为名忙为利忙忙里偷闲喝杯茶去,劳心苦劳力苦苦中作乐拿壶酒来",但他只喝茶。可是,不完全的现世的美与和谐,刹那间的永久,却不是容易享乐和体会的,话说得有点玄,或许那就是喝出了禅味。

俗话说,外行看热闹,内行看门道,而今是人人能看出门道的时代,甚至未见过茶道的人也跟着夸夸谈禅意。那么,茶

道的禅味从何而来呢?来处有三:

其一,"茶理精于唐,茶事盛于宋"。大约九世纪遣唐使就拿来茶,却没能喝起来。到了南宋年间,荣西和尚渡海跟临济宗黄龙派学禅,连禅带茶一块儿拿回了日本。他不是买几包茶送礼,而是带回来茶种,送给高山寺的明惠上人,在京都的拇尾种植,被叫作"本茶"。平安时代(七九四年至一一九二年)的宗教是"来世宗教",重视死后,害怕下地狱,向往极乐净土。镰仓时代(一一九二年至一三三三年)的禅宗不大关心死后如何,被出生入死、有今天没明天的武士们接受。一二一四年某日,幕府将军源实朝"朝来因宿醒"(宋司马

抹茶

光诗句),也就是日语"二日醉",正在镰仓布教的荣西给他喝茶,只觉得通体清爽,从此武士们学喝茶。对于武士来说,禅与茶天然一体,抚慰并陶冶他们的性情。从别处拿来什么,先就有了景仰或艳羡之心,拿来之后往往奉以形式化乃至教条化,茶也不免要喝出精神来。好比我们做什么,被问为什么这么做,就得答出一点名堂、一番境界。荣西开创日本临济宗,著有《兴禅护国论》,还著有《吃茶养生记》,被尊为茶祖。

其二,在网上读到某历史学家写的一段话:"偏偏自家不识金相玉,大言不惭以为'茶禅'是可以抢个专利证的杜撰,谁料无意中读一书,云克勤禅师赠日本僧珠光语中便有'茶禅一味',今尚藏于日本奈良寺中,不觉面皮无光,只得连叫

宇治抹茶的代表——中村藤吉店

'苦也苦也'。"这倒有点非历史——圜悟克勤（又称圆悟克勤）是宋僧，生于一〇六三年，卒于一一三五年，而日本僧人兼茶人村田珠光生于一四二三年，卒于一五〇二年，克勤不可能赠他，况且还隔着海，克勤不曾来日，珠光也从未访华。

村田珠光被奉为茶道之祖，准确地说，乃"侘茶"鼻祖。"侘"这个字是不如意的意思，作为一种情感被肯定，珠光以及武野绍鸥、千利休三代人将其确立为"侘茶"的根本性审美。想想我们古人把美女的慵懒肯定为美，"侘"的审美也不难理解，但好像用另一个说法"草庵茶"更容易让我们望文生义，也便于与更为早期的"书院茶"相对。"书院茶"的喝法及做法追求豪华潇洒，江户时代是官方茶道，例如以小堀远州为始祖的远州流茶道流传至今；但"草庵茶"在千利休的孙子千宗旦手里做大做强，形成"三千家"（表千家、里千家、武者小路千家），枝叶繁茂，以至我们中国人说茶道即"侘"，玄之又玄。实际上如今茶人依旧称之为"茶汤"，即茶会。

自一四六七年京都发生了十年动乱，史称应仁之乱，此后逐渐演进到战国时代。临济宗的大德寺在动乱中被焚毁，一休和尚到叫作"堺"的地方化缘，得豪商外护，复兴山门。圜悟克勤是临济宗的禅僧，一一二四年弟子虎丘绍隆出徒下山，圜悟写给他一幅字，也就是印可，说虎丘追随自己参禅多年，成绩优秀，已达大彻大悟之境，特此证明。传说是装在木筒里漂流到九州岸边的，不知怎么就到了一休手里。村田珠光跟一休参禅，一休把这幅墨迹送给他当毕业证书。书院茶以"唐物庄严"，墙上挂字画，自珠光始，就只挂墨迹。圜悟墨迹是茶道的至宝，也属于日本国宝，藏东京国立博物馆。踵继珠光之后的是堺的富商武野绍鸥。堺本来是渔村，地近京都、大阪，十四世纪作为良港勃兴，商业发达，商人得势。尤其与宋明贸易，风浪险恶，是需要豁出命的买卖，与武士打仗不相上下，信奉禅也是自然。绍鸥参禅，从大德寺第九十代住持大林宗套那里得到四个字：茶禅一味。千利休出身于堺的商家，师从绍鸥，也曾跟大德寺第一百零七代住持笑岭宗䜣参禅，真正使草庵茶成道。这一路的草庵茶用时兴的禅思想规定并充实茶的做法，主张简素静寂，把喝茶打造得有如佛道修行。

其三，进茶室（茶道术语叫"入席"）的做法是这样的：先行礼，再抬头看"床间"，接着欣赏那些茶道器具，之后坐到自己的席位。和式房间里有一处叫"床间"的空间，墙壁上挂字画，地板上摆花瓶什么的，装饰之用。茶室的"床间"挂墨迹。所谓墨迹，是禅林墨迹之略，专指禅宗高僧所书。茶书《南方录》说墨迹为第一，乃主客一心得道之物也。画不如字一目了然，心里顿生禅意，与主人统一了思想。珠光、绍鸥、利休三代都曾在大德寺参禅，大德寺与茶道的缘分非常深，墨迹多出于大德寺派禅僧之手。

茶点

　　周作人又说："我的所谓喝茶,却是在喝清茶,在赏鉴其色与香与味,意未必在止渴,自然更不在果腹了。"茶道喝抹茶,浓的或淡的,并不"在赏鉴其色与香与味",而在于器具、书画、摆设以及环境等。斤斤于赏鉴,发达了日本的艺术、工艺等。而且茶道还要用点心和筵席"果腹",也发达了日本人制作糕点和菜肴的技艺。影视剧里常出现这种场面:一个人累了或者败了,说:让我一个人静一静。这要是有茶室,做一番茶道,兴许就静下心来。

梅原猛

常说一本书甚至一句话能影响人生,我是不大信的,但是从报纸上得知梅原猛于二〇一九年一月十二日去世,忽然记起他的一段话,确实对我东渡日本以后的志趣有不小的影响。话是这么说的:

"日本人自古学中国文化,例如我们在中学时就读了《史记》,学了杜甫、

梅原猛

李白。普通日本人都知道一些《史记》的故事，能背诵一两首杜甫、李白的诗。然而，中国知识人不想知道日本的小说《源氏物语》，而芭蕉甚至连名字都不知道。可《源氏物语》是日本的优秀小说，和中国的《西游记》《金瓶梅》不相上下。我认为，中国文学中最优秀的文学是'历史文学'和诗词，而日本文学中最优秀的是小说和诗歌。像我们读《史记》或杜甫、李白的诗那样，中国人也应该多读点《源氏物语》、柿本人麻吕的和歌、芭蕉的俳句，却根本没有这种事。这样的话，真正的日中文化交流是不可能的，也算不上真正意义上的日中友好关系。"

此话其实是梅原猛转述中国文学研究家吉川幸次郎所言，他还补充道："要真正知道日本，必须知道日本的文化；要知道日本文化，必须知道《源氏物语》、柿本人麻吕、芭蕉。"我从此对俳句大感兴趣，特别是松尾芭蕉，甚至把蜗居也命名为"雨读芭蕉庵"。

梅原猛的书译介到我国，第一本好像是《学海觅途》。书名原文是"学問のすすめ"，这是借用了福泽谕吉的名作之名，用汉字写作"学问之劝"。依稀记得译本是在我一九八八年东渡日本之后出版的，所以读原文在先，后来回国逛书店见到了译本，别有印象。此书首次出版于梅原猛五十四岁的一九七九年，八十六岁的二〇一一年出版《学习的愉悦——创造与发现》,又收入前书第一章,精细地讲述自己的人生,特别是少年时代;以及第二章,深入而详细地说明自己做学问的方法。

梅原猛四十岁之前是西方哲学研究家,后来看似转向日本的思想、文化研究,但并未放弃哲学。感到西方哲学有限界,必须研究西方哲学以外的思想,作为日本人,当然要研究东方思想,尤其是日本思想。撰著古代三部曲《众神流窜》《被隐藏的十字架》《水底之歌》,否定从来的学识与共识,独创新说,被称作"梅原古代学"。学界也有人斥之为胡说,讥讽他与其说是学者,不如说是艺术家。他确实也创作歌舞伎脚本。后来的考古有所发现,于是他纠正《众神流窜》的谬误,重写了一部《被葬送的王朝》。八十五岁时认识到"草木国土悉皆成佛"可能是以前人类共同的思想原理,不回归这种原初的、根源的思想,人类的未来生存或长远发展就无法想象。

梅原猛的大梦是通过彻底批判西方哲学而创立新的人类哲学,但是也说过,"或许我是个少有的傻瓜,一直在追求难以实现的过大的梦"。

陈舜臣的中国历史随笔

陈舜臣是日本作家,但这个名字令我们中国人备感亲切。

他说他是东汉陈寔的后裔,祖上从河南颍川南迁福建泉州,再搬到台湾,父辈经商,移居日本,他一九二四年出生在神户。家里日常用语是福建话,华人圈社交语言是北京官话,和左邻右舍说日本关西话,写小说用标准日本语。在大阪外国语学校读的是印度语、波斯语;司马辽太郎比他低一个年级,学蒙古语。他还能查字典阅读阿拉伯语、俄语。

陈舜臣写推理小说起家,第一部长篇小说《枯草根》获得江户川乱步奖,又以《青玉狮子香炉》获得直木奖。东亚近代史要从鸦片战争写起,一九六七年出版第一部中国历史小说《鸦片战争》。接着写《太平天国》《甲午战争》,而《桃花

陈舜臣作品书影

流水》《山河在》写的是中日现代史,再后来写《小说十八史略》等,好像"开历史的倒车",其实写近代以前也是为探究历史如何走到了近代。

和司马辽太郎一样,陈舜臣写小说,也写随笔,多数取材于中国历史及文化。如中国历史随想《史林有声》、历史拾遗《随缘护花》、中国历史十八景《九点烟记》、历史随笔《东眺西望》。著名评论家加藤周一评价:"陈先生的文章极流畅,有一种气质,那大概就是文如其人,一定也来自中国古典文艺的教养。"

第一篇随笔《岁末风景》写他家冬至吃汤圆,读者自然是当作整个中国的风俗来接受。文章见诸报端,上街遇见北京出身的人，叫住他，告诉他北京冬至吃饺子，不吃汤圆。此事使他深思，中国各地的习俗尚且有异，中国和日本就更不相同了。第一个长篇随笔是《日本人与中国人》，初版于一九七一年，后来多次改版刊行，最新的是二〇一六年版，长销不衰。新版后记道：书是三十多年前写的，但是去中国无数次，觉得基本不用改。原因在于不谈时事，"过度追究眼前的问题，怕是只会捞起浮在水面的垃圾和泡沫"。

作为一个日本生长的中国人，从开始懂事起就不能不经常考虑中国和日本，有所蓄积，便想把中国的事情更详细地告知日本人，这与其说是愿望，不如说是本能。多年前出版《陈舜臣中国文库》，将主要作品集为三十卷，这些中国历史的故事和知识在深化日本人对中国的理解上起到了巨大作用。

人们爱说中日是近邻，但所谓近，其实是近代以后的事。又说两国的关系近而远，这种近是对于古典文化的亲近，而现实中相距甚远。日本人自古对理解中国的现实不关心，反而将其理想化。对于他们来说，现实的中国是极难理解的民族。清末以后比较中国和日本的书很多，中国人写，日本人更写，想要认识现实的中国。例如由平民主义转向军国主义的德富苏峰一九一八年游历中国，感受到中国人崇拜欧美，轻蔑日本。比较中国人和日本人，陈舜臣独具慧眼，是那些在日本住了些日子、走了些地方、看了些事物就高谈阔论的人无法比拟的，遑论游客。

《日本人与中国人》一书还有个副题：认定同文同种的危险。同文，指日本也使用汉字，同种指同为黄种人。关于日本民族的起源，十九世纪末产生民族混合说和单一民族说。霸占中国台湾，吞并朝鲜，鼓吹的是与朝鲜半岛同祖，天皇身上流着朝鲜人的血。在中国也开办同文书院，以尽同文同种之义务，大肆张扬日本由诸民族混血、融合而成。战败后失去朝鲜、台湾地区，四下里一看好像列岛只剩下"日本人"；一九六〇年代形成单一民族观的大合唱。陈舜臣受其影响，强调日本与中国并非同文同种，后来省悟此观点也不无偏颇。

他有一个洞察，很令人佩服，是这样的：中国和日本是谁也搬不走的邻居关系，"要和邻居搞好关系，我们不能忘记一个基本原则，那就是邻居和自己不一样，不能在自己的头脑里随意制造邻居的形象。随意造出了别人的形象，人家跟这个形象不符就动怒"——那可就太霸道。

陈舜臣一九九〇年加入日本籍，二〇一五年亡故，享年九十岁。生前已筹建的陈舜臣亚洲文艺馆在神户开馆，展示原稿、资料、藏书，还有他用过的桌椅。

读出另一个京都

中国的南方和北方不一样,日本则东西有异。我们通常说日本,实际上说的是东京。东京是一个大杂烩,日本一亿多人口有十分之一还多点聚集在这里,人口密度为京都府的十倍多。五里不同风,十里不同俗,东京人自有东京人的气质,也有别于以前的江户,这正如北京。作为外国人,一般没必要了解各地日本人的差异,九州男儿什么的,但唯一的例外是京都,或者再加上大阪,那是从历史到文化与东京都有些两样的。

例如,日本骂人话很贫乏,常听见的无非"馬鹿"(浑蛋)和"阿呆"(傻瓜)。据作家陈舜臣讲,他是在关西活了一辈子,关西的用法跟关东不同。大概像北京人成天把

SB挂在嘴上，关东人平日里说话总夹带"馬鹿野郎"，习以为常，谁听了也不会动怒，但被骂一声"阿呆"，那可不得了，勃然变色。相反，关西爱说"阿呆"，语不惊人，但若骂"馬鹿野郎"，等于骂狗东西，有人会怒从心头起。好像中国影视剧中的鬼子兵一律叫骂八格牙鲁（"馬鹿野郎"），早就替日本统一。当然，电视等媒体越来越发达，各地语言的差异也越来越小。

京都不易懂。有个叫井上章一的京都人写过《讨厌京都》，似乎他很爱说京都的坏话，但心里着实爱京都，只是要告诉日本人一个真实的京都罢了，听说读此书的反倒多是京都人。井上很爱讲这个例子：邻人说，你家孩子钢琴弹得真好啊，这时若回答谢谢，甚至有一点得意，那可就错了，因为可能是反话，你家的钢琴声吵到了左邻右舍，诚惶诚恐地道歉才是。

游客看见的往往是表面，虽然足以尽游兴，但了解一些底里，乃至阴暗面，会别有乐趣。例如经典景点之一的"花见小路"，石板铺地，两边栉比着二层木屋，潘金莲挑帘会打着西门庆，游客却是想遇见舞伎。京都的招贴画上画的就是寺庙和舞伎，梅棹忠夫在《京都导游》一书中痛斥这两者什么也不生产，"京都的艺伎、舞伎本来是京都有钱人挥金如土而精心培育出来的极为特殊的玩物"，"是愚劣的存在"。

京都艺伎的背影

梅棹忠夫是有名的民族学家,以自己是四代的"纯种京都"为荣。对于京都人来说,唯京都话字正腔圆,其他地方一张嘴都是乡下话,这种意识和心态被叫作"京都中华思想"。梅棹说:"京都人心中潜藏着难以去掉的'中华思想'[①]。所谓中华思想,就是以自己的文化为基准看世界的想法。也许'化外之民'的人们对这种想法有时要惊愕,有时甚至觉得很滑稽,但京都确实有这种思想传统。"他去外地,感受到人们对京都抱有很厉害的反感,不由得脊背发凉。

京都多老铺,令我们大为佩服。东京人来自四面八方,多是老二、老三们出外谋生,而长子留在家乡继承田产或家业。京都手工业繁多,尤其重家业,由长子或者长女的赘婿继承。招牌写上几百年前什么年间创业或皇家御用,是祖传的骄傲。媒体采访总要问店家是"何代目"(第几代),当然哪家也赶不上万世一系的皇家。点心铺、茶具店之类的家业现代年轻人不愿意继承,所谓工匠精神后继无人。井上章一说:京都人家的儿子一旦读京都大学,家里就不好让他继承基本落后于时代的家业,毁了大好前程。家长们希望儿子上同志社大学,这所

---

① 此处指"小中华思想",指中华文化圈中政治制度与语言不同于汉族的民族、国家、地区,自认也是中华的意识,是朝鲜半岛、越南、日本等古代东亚各国接受中华文化过程中的副产品。——编注

京都老铺

大学给传统的京都培养接班人。

  从京都站前乘上巴士去某处景点，拥挤中张望窗外，路上很少见树木，"简素"的房屋也没有什么特色，但跨进寺社便别有天地。四十多年前评论家加藤周一说过："大有变化的是京都有名的庭园不再是安静的场所了。"不消说，现在更加不安静。加藤说这话的时候游客应该大多数是日本人。京都向来是修学旅行的首选，但不久前有媒体报道，日本人已不愿去京都，因为各处景点都爆满外国游客。一方面想赚外国人的钱，另一方面又觉得外国人破坏他们的环境和文化，甚至惊呼"旅游亡国论"，所以很有点两难。

  京都是现代的工商业城市，感觉慢节奏，也许是游客本身的悠闲。真想懂京都，需要读点书。看京都，看山是山，看水是水，看的是美；读京都则可能读得有趣，雅趣和乐趣，看山不是山，看水不是水。

赏樱经济学

日本说赏花，就是指樱花，举国一致。

从楼上望去，路边的樱树泛红了，那是枝上长满花蕾。看了好多年樱花烂漫，觉得"也无非是这样"——这是鲁迅对东京的看法。毕竟没有日本人那份长性，而且不良于胡坐，如今已有点讨厌在树下席地聚饮，甚至也厌及樱树及其花。君不见，它抢先开了，不可一世，又早泄般落了，满树绿叶却没有"抽出了碧叶千张比花还强"的景象，入秋早早变作红褐色，唰唰地凋落，片甲不留，冬天只配栖寒鸦，一路的萧条。

赏花简直是日本一年里最大的乐趣，好像对樱花也就这么点热情，开过就无人理睬。今年赏花又多了一个名目："平成"最后的樱花。日本狭长，樱花以平均一日二十四公里的速

春鸟采蜜

度从南向北开过去。五月一日改年号，北海道那里就赏到新年号的第一场樱花。

近年来赏花出了两件令日本人烦心的事，一件是鸟事，一件是人事。

春林花多媚，挨过了冬天的春鸟也欢快起来。对于它们来说，樱花开得早，早早有蜜吃，怎会意多哀，分明都鼓腹而歌。麻雀吃花蜜的法子却特别，它的喙短而粗，不能像别的鸟那样把细长的喙伸进花心当中吃，顺带传花粉，就干脆把整朵花从枝头啄下来，在花托上打个洞吸食。樱花啪哒啪哒地掉落，砍头也似的，日本人发现异常，"一片能教一断肠"（宋·刘克庄诗）。樱花以暴开暴落为美，这也未免太短暂，好似神风敢死队驾机撞美国舰船,刚起飞便栽进海里。他们很生气。麻雀原是不吃花蜜的。城里越来越不见土地,干净得人见人爱,但鸟儿没有了草籽等食物,麻雀也只好改变习惯,适应环境。这是麻雀的聪明。人们吃饱了赏花,优哉游哉,麻雀吃几朵花却是为活命。

再说人事。不是从梅开到荼蘼,而是同样的樱花大约从三月下旬到五月下旬相继在各地开放两个月。去年有一位教授算了一笔账,两个月里估计有6000万日本人出门赏花,饮食交通等每人花费4000日元,还有外国游客,就算其中381万人看

姬路城是旅客赏樱胜地

花，每人一天花销16914日元，两者合计，波及所致的经济效果总计为6517.40万日元。举办一届奥运会，刨除建设费用，收入也不过如此。这就是赏花经济学。樱花是大量生产、大量消费的花，颇适合大众社会，赏花即商战。不过，教授这笔账也有点糊涂，那就是赏花靠天，天公常常不作美，况且恰好是天气多变时节。以前对樱花好奇，曾去过雨中的上野，晴日人满为患，此时却只有满树樱花寂寞开。

　　意在经济，但要拿文化说事儿。外国也赏花，但独有日本如此赏樱花，这就是日本文化。游客缕缕来，吃生鱼，看樱花，可是，吃没有日本人样，看没有日本人样，不守既成的规矩，他们又觉得受害了，叫"观光公害"，要群起保卫日本的赏花文化呢。不能除四害似的消灭麻雀，也不能锁起国门，实在为难极了。

面临灭亡的,何止方言

二〇一九年,被联合国大会定为"国际土著语言年"。

关于语言的濒危,我们想到的往往是土语方言,但日本女作家水村美苗担忧一国的语言——日语也面临灭亡的危机。

二〇〇八年她出版一本书,那年是"国际语言年",书名叫《日语灭亡时》。自称随笔,但内容堪比论著,主题是英语这种"普遍语"的意义是什么,面对其力量,怎么样才能保护日语作为"国语"充当优秀的书写语言。当时有人说此书"是现在所有日本人都应该读的书"。我非日本人,偏巧在日本,所以也读了,觉得确实有意思。日前逛书店遇见二〇一五年出版的文库版,书名多了"增补"二字,随手买回来。所谓增补,几乎只增补了一篇长跋,絮叨些出版英译本的问题。至于不加修改，理由似乎也足以服人，那就是出版后引起论争，若加以修改，读者就奇怪当年争什么争啊。不过，这理由的底下潜藏着作者对己见的坚持与骄傲，甚至都不想淡化被讥为对当代日本文学不怀好意的印象。好书重读，自然又获益。

水村美苗提出了三个概念：普遍语、现地语、国语。

她说，人类大部分场合并不是用自己说的话直接读写，而是用"外来语言"——覆盖那一带的、古已有之的、伟大文明的语言来读写。地球上到处有一些这类文明语言，她称之为普遍语。不论用什么样的语言说话，如果住在地球上的所有人用一种书写语言来读写，那么，人类的睿智就能最有效地积累。普遍语最本质地表现了书写语言与说话语言的不同。例如日本近代以前千余年使用东亚的普遍语——汉文，这是"追求睿智的人"用于读写的语言。

与普遍语相对的概念是现地语。现地语以口语俗语为主，在那个地方通行，一般是人们的母语（日语有"母国语"一词，多一个"国"字，用在这里不准确，除非理解为川端康成的名句"穿过国境的长隧道就是雪国，夜的底下变白了"的"国"）。现地语也可以书写，但写起来冗长，扩散范围有限。

近代以前日本没有国语。奈良朝宫廷、贵族、文化人使用汉文。平安朝初期创出假名，日本便有了两种书写语言。假名又叫女文字，男人也用它给女人写和歌调情，但办公、社交完全用汉文汉诗。在德川家康开立的江户时代,学问即汉学,汉学即学问。语言与教养为三层结构,上层的知识阶级即"追求睿智的人"用纯正的汉文即普遍语读写,中层公务员用近乎洋泾浜的变体汉文——"候文"供职办公,下层的民众用土语方言说话做事过日子。汉文最具权威性,《源氏物语》不被文化人看在眼里。松尾芭蕉响当当代表江户文学,这是输入了西方观念以后才形成的文学史观。重看历史,变成以日语写作为中心,从《源氏物语》《古今和歌集》到松尾芭蕉、井原西鹤成为文学史主流。常说江户时代识字率很高,妇孺皆识,但他们识的是假名,并不是汉字。很多农民请主子或教书先生给自己起了姓甚名谁,却不认识那汉字的大号。历史小说家司马辽太郎悬想:明治维新时志士们各操各地的现地语,交流需要用汉文"笔谈"。高杉晋作到上海考察鸦片战争以后的中国,靠的是"笔谈"。孙中山也是用"笔谈"和宫崎滔天等日本友人交往。公文自古是汉文,破天荒使用现地语书写语言是一八六八年改元明治之前发布的《五条誓文》。日语由汉字和假名混搭而成,核心是汉字。昭和天皇的停战诏书用现地语,但其中汉文难解,听他宣读以为在号召全民玉碎呢,却原来一举瓦全。日本战败,被美军占领,汉文的余威消失殆尽。

国语不是自然所赐,而是人工的产物。作为made in Japan,国语怎样造出来的呢?按照水村的说法,"追求睿智的人"翻译普遍语,使原来只是现地语的语言具有了和普遍语同样的水平,不仅审美上,而且智力上、伦理上都担起达到最高水平的重任。这种语言和国民国家诞生的历史交织,成为国民国家的国民语言,这就是国语。所谓"追求睿智的人"是"二重语言者",不是会说双语(bilingual),而是能阅读和自己的说话语言不同的外语。从历史来看,翻译并不是对称的行为,水往低处流,从普遍语向现地语搬运睿智。日语在翻译普遍语——汉文的过程中产生了书写语言,但没有成为国语,始终属于现地语。

福泽谕吉是日本向近代转变的象征,而夏目漱石在国民国家成立时,简直像魔法,象征其历史过程于一身。他们是"追求睿智的人",对打造国语起到了巨大的历史性作用。但国语建立也多难,出于民族及文化的劣等感,明治维新后第一任掌管教育的文部大臣森有礼曾主张用英语当国语。第二次世界大战战败后,以日语文章被誉为"小说之神"的志贺直哉提倡用法语取代日语,虽然他不懂法语。一九五〇年被称作"宪政之神""议会政治之父"的尾崎行雄也提倡用英语当国语。此公号咢堂,上过福泽谕吉创办的庆应义塾,呼之为先生,在《咢堂自传》中写道:"那时先生一边用镊子拔鼻毛,一边用古怪的眼神斜视我的脸,问道:'著述什么的打算给谁读呀?'我不高兴他那种态度和用词,但压住怒气,一本正经地回答:'为了给一般有见识的人看。'先生便训斥:'你这呆子!要写给猴子看!'我总是抱着给猴子看的念头写,世上这就正好。还做出诱人似的笑。"福泽谕吉写《劝学》,文体平易,在三千万人口的日本卖掉三百万册,应该用的就是这种"给猴子看的念头"。

福泽谕吉自学英语,夏目漱石大学读英语专业,作为二重语言者,他们制造了一些西方语言的译词,如演说、赞成、讨论、版权、浪漫等。与夏目漱石并称文豪的森鸥外也是造词的高手,造出了空想、民谣、长篇小说、短篇小说等。常听说,现代中国语七成是日本制,甚至说"没有近代日语,就没有现代中文"。然而,在此话之前,似乎应该说"没有汉文,就没有近代日语"。有两点也值得一提,以免太灭自家的志气。

一是译词的方法,这是跟中国学的。先有"地球、几何、对数、显微镜"等中国译词的传入,然后才有日本人源源不断的仿制。日语研究家陈力卫教授揭示:"通过中文的书籍和英华字典来汲取西方知识是日本近代化进程中的捷径之一,这是因为日本知识分子一般都通汉文,而当时能直接读懂英文的人又少,魏源的《海国图志》、传教士等用中文写成的介绍西方文化历史地理知识的书籍便成了他们的必读之作。于是乎,从这些书籍中了解西方,并且将书中用来表现新概念的汉语词汇直接就可以用于日语中了。"还指出:"迄今为止好多被认为是从日本进来的词实际上早就存在于

福泽谕吉

夏目漱石

英华字典中或西学新书里了。这一事实在中国国内的汉语研究领域内恐怕一直没有得到重视。"一八六〇年江户幕府派遣使节团，咸临号护卫，福泽谕吉充当舰长的随从赴美国西海岸，大开眼界。归国后把在美国买来的广东语和英语对照的《华英通语》加上日语，刊行平生第一本书《增订华英通语》。好多人不看过程，特别是打鬼借助钟馗时，更只问结果，有意无意地忽略乃至抹杀了这个历史过程。

再者，当初日本人并不是把西方语言翻译成他们的现地语，而是翻译成普遍语，即汉文。例如日本第一本译书是一七七四年刊行的《解体新书》，原为德国医生撰写的医学书，从荷兰语转译，当时叫兰学，译成的是汉文。尤其是译词，都译成汉字词语，所以我们中国才能随手拿过来，几乎和他们同步理解并运用。例如"动机"是motive的译词，译者用中国古文来解释：《列子·天瑞篇》有云：万物皆出于机，皆入于机。机者，群有始动之所宗云云，今取其字而不取其义。不消说，能做出如此解释，是身怀普遍语知识。这里所谓不取其义也是虚言，真若不取其义，何不随便译作狼心或狗肺。最近新天皇登基，年号更新，仿佛早忘却汉字造语功能的日本人又造了一个新词"令和"，我们照用不误，而且比他们更明白其出处及用法似的。

水村美苗的立论基本受美国的政治学家本尼迪克特·安德森著书《想象共同体》影响。她说：此书至今犹是必读书，因为其核心仍然有意义,那就是分析国民国家成立之际,国语、国民文学、民族主义是如何关联的。安德森认为:近代国家这东西完全是人为制造的文化性产物,并不是从以往历史的必然性归结的,因应这种人为的近代国家还制造了国语。一旦这样确立了国语,国民就觉得国语像是深有根源的东西,常常被当作国民(或者民族)的民族认同的证明。那不过是"想象共同体"制造出来的东西。

水村拘泥于近代,可能原因也在其经历。她出生于东京,十二岁随家移居美国,但始终不适应美国和英语,通读《现代日本文学全集》以慰乡愁,就这么侨居二十年。这套全集是一九二〇年代出版的,六十三卷,几乎可说是近代文学全集。曾留学法国,又上耶鲁大学专攻法国文学。修完博士课程后回国,并且在美国的大学讲授日本近代文学。吃外语饭的人往往厌恶那个外语,水村算不算吃外语饭呢?她用日语写小说,一九九〇年为夏目漱石未完成的小说《明暗》续貂,并非狗尾,获得艺术选奖新人奖。在她眼里近代净是"范儿",国语就是以夏目漱石为代表的近代日本文学所表现的语言。评论家加藤周一二〇〇八年去世,水村觉得"近代日本知识人的一个宝贵的'种'终于灭绝了"。加藤本来学医,日本战败后留学法国,但回国后放弃血液学研究,转而当文学评论家。水村说:这不单因为日本战败后还没有科学研究的环境,还因为日语的丰富,让人想用日语认真地读写。他是回归了日语。今后像加藤周一这样的日本人还会认真用日语读写吗？今天的日语仍然是能够让加藤周一那样的人放弃科学之路而回归的语言吗？这个问题是当今所有非英语圈的人的宿命。

《日语灭亡时》一书还有个副题：在英语世纪中。水村写道："日本人住在被大海围绕的岛国，不必抱有自己的语言说不定消亡之类的危机感，连绵地生存下来。然而，现今闯进了英语这种普遍语通过因特网，翻山越海，在全世界横飞的时代。二十一世纪英语圈外的所有人都被置于自己的语言从国语沦落为现地语的危机。尽管如此，日本人，包括文部科学省在内，却懵懂地活在英语多些、再多些的大合唱之中。"

所谓"英语世纪"，并不是说全世界的人都用起了英语。现地语在哪里都继续存在，但世界上大部分"追求睿智的人"把英语作为普遍语使用。日常生活中使用现地语，智力活动选用普遍语，这就是"英语世纪"。非英语圈国家面临三个选择：把国语改为英语；所有人都会两种语言；一部分人会两种语言。如今国语已定型，通常不再有把日语替换掉的想法，而是大力推行所有人都会两种语言的国策，人人"两把刀"。水村认为没必要全民懂英语，只要有精通两种语言的少数人翻译就足矣。学生应该把用在英语上的时间用来学国语。然而，日本完全没有把国语教育的重点放在代代阅读优秀的近代文学上。近代文学的古典就是国语确立以后的作品群，普通人也能没有太大困难地阅读。从英语圈来说，例如莎士比亚的戏剧。

日本的现实是国语课时少，课本薄。一种中学校使用最多的三年级课本，所选文章多是活着的作家的。东京大学一般学三个学期英语，但国语一个学期也不学就可以毕业。莫非以为人人都会说日语，文学就是口语，人人都是文学家，不必在课堂上学。长此以往，日语"灭亡哟"。

夏目漱石对于日本盲目地憧憬模仿西方不以为然，小说《三四郎》的主人公三四郎从熊本前往东京上大学，在三等车厢里遇见一个胡须男——

"这样的脸，这么弱，即便日俄战争获胜，变成一等国，也不行呀。不过，看看建筑，看看庭园，哪儿都跟脸相称。你头回去东京，还没见过富士山吧，过一会儿能看见，看一看。那是日本第一有名的东西，除它以外再没有让人得意的了。可是，富士山自然天成，早就在那里，没法子，不是我们造的。"他说，又冷冷地笑着。三四郎没想到自己在日俄战争之后碰上这种人，觉得怎么也不像日本人。

"但往后日本也渐渐发展吧！"三四郎辩解。于是那男人一本正经地说：

"灭亡哟。"

《日语灭亡时》的书名就是从这里来的。

脱鞋之玄

朋友给我看一篇短文，故意隐去作者名，问我写得对不对。显然这作者是我的熟人，此友在给我挖坑，但我还是明说了自己的读后感。阿Q心里也想过：现在的世界太不成话，儿子打老子……

写的是进屋脱鞋一事，夸日本有规矩。如今中国的城里人家也都进屋脱鞋，以保持清洁，和"不许随地吐痰""来也匆匆去也冲冲"等标语是一个意思。柏杨说中国台湾："上得楼梯之后，第一眼看见的就是每家门口，都堆满了臭鞋。"这或许是台湾的特殊现象，学日本只学了脱鞋，没有学摆鞋。日本人通常会顾及门外环境，猫额般大小的地方也布个小景，天天洒扫。

日式房屋铺榻榻米，进门非脱鞋不可，有一块专供脱鞋的地方，叫"玄关"。这样的住宅结构起初还显示门第，明治维新后废除了身份制度，平民盖房子也竞设玄关。战败后被美军占领，曾有人提出废除这个封建性称呼，但至今仍然这么叫，也就是门口。

听日本OL（公司女职员）抱怨过，上班有两大任务：倒茶和摆鞋。给男人端茶倒咖啡，有人来访，脱下鞋登堂入室，还要把他或他们的鞋掉过来，鞋尖朝外，便于穿起来走人。除了推销员之类，一般来客都不会转身脱鞋，把屁股对着主人的

万福寺文华殿前的告示板

笑脸,更不会弯腰摆鞋。但寺庙是令人敬畏的地方,例如大德寺,这个一休也当过主持的寺庙,从不按常理出牌,对美国占领军的夫人们也敢于"当头怒喝","勒令"她们将鞋子摆好。历史小说家司马辽太郎为之点赞,把脱鞋摆鞋上升为民族气节。强人所难地固守自己的传统也是日本人的一份自尊。

据说大德寺规定,香客或游客脱鞋放到鞋架上,鞋尖要一律朝外。说辞是鞋后跟相当于武士的后背,背后随时有敌人。但其配图似露出马脚,僧人的"下驮"在图上成排,"鞋后跟"整齐地暴露于外。

东京有老店犹存江户遗风,门口有一老男人担任"下足番",客人脱下鞋由他保管,领一块木板的号牌,以为凭证。酒足饭饱,还要再领块木牌到柜上结账。有些景点门口放着塑料袋,游客脱鞋装进去,自个儿拎着游走。可怕的是冬天,赤足走地板,脚板心拔凉。

在网上读到一段话,说"有一个小知识,需要普及:将夫人介绍给日本人,说:'这是我的爱人'。日本人一定满脸暧昧:'哇,真漂亮。'转过身,又悄悄地问你:'你家夫人可好?'"这不是知识,完全是扯淡。因为会日语的"你"不可能用"爱人"一词,而"日本人"如果懂中文,就不会把"爱人"理解为不是"你家夫人"。查查《广辞苑》,可知"爱人"这个词在日本也并非"专指婚外恋'情人'",而是指恋人，又指情妇情夫。

　　自以为是、自以为有趣地介绍日本，玄之又玄，哈日族爱读，愿打愿挨。不过，阿Q也是有底线的，决不说自己"畜生"——"打虫豸，好不好？"

要求太多的餐馆

二〇一六年,宫泽贤治诞辰一百二十周年。

三十多年前,在一家出版社担责编辑关于日本文学的杂志,每期搞一个特辑,译介一位日本作家。轮到宫泽贤治,倩何人撰文评介呢?偏巧在一本日本游记似的书上看到作者介绍,说作者王敏刚留学日本归来,专攻宫泽贤治,于是费了一番周折找到她。那时候出书普遍都不会给作者印上介绍,可能她采用了日本出版的做法。时过境迁,现今王敏女士在日本的大学任教授。

宫泽贤治生于一八九六年,比郭沫若小四岁,所作"不怕雨,不怕风"之类的诗句总让我想起郭沫若那一代,应该是时代的产物。但宫泽文学至今被日本人阅读,而郭沫若的"我是一条天狗呀""燃到了这般模样""火便是你,火便是我,火便是他,火便是火"仿佛被抛进历史垃圾堆,也恐怕是政治所致。郭沫若留学日本的一九一四年,宫泽贤治读了《妙法莲华经》大为感动,放弃了家里代代信奉的净土真宗,改宗《法华经》。待到一九二一年郭沫若出版新诗集《女神》

宫泽贤治

时,宫泽贤治创作了一皮箱童话,从东京拎回故乡,他的故乡在花卷。花卷在岩手县,宫泽贤治死后出了名,那里也变成旅游胜地。我觉得有趣:离它不远的盛冈是新渡户稻造的老家,县治所在,好像不曾拿新渡户扬名世界的《武士道》作招徕,现今一些中国人也知道它,大概因为那里是铁壶的产地。

宫泽童话有一篇《要求太多的餐馆》:

两个年轻的绅士打猎,一无所获,却死掉了两条像白熊一样的狗。饥寒交迫,一回头发现一所洋房:西餐山猫轩。门上写着"请随便进,万勿客气"。排闼而入,门里又写着"尤其欢迎肥硕者和年轻人"。往里走，又一道门，写着"本店要求的多，敬请谅解"，背面则写着"要求的非常多，请一一忍耐"。又一道门，旁边还挂着镜子和长柄刷子，写着"诸位客人，请在这里整理头发，刷掉身上的泥土"。忽地进入了室内，门背后写着"把枪弹放在这里"。又一道黑门，写着"请脱下帽子、外套和鞋"；里面则写着"请把领带夹、袖扣、眼镜、钱包及其他金属物品，特别是带尖的东西，都放在这里"。走几步又有门和玻璃瓶，写着"请把瓶里的油脂全涂在脸和手脚上"。推开门，还写着"油脂涂好了吗？耳朵也涂好了吗？"。这里也有油脂瓶，二人补涂了耳朵。于是下一道门写着"饭菜马上就好。无须等十五分钟。马上就能吃。赶快把瓶子里的香水好好洒在你的头上"。虽然香水有一股子醋味儿，但两位年轻而肥硕的绅士总是强作解人，忍着辘辘饥肠照办，走进一道道门。门后用大字写着"种种要求太多了，麻烦吧。真对不起。就一个了，请把瓶子里的盐可劲儿抹遍全身"。两张涂满了油脂的脸相觑了，悚然大悟："要求多，是店家向我们要求啊！""这个西餐不是给来的人吃，而是把来人做成西餐吃掉。"最后那两条口吐白沫死掉的狗冲进来。一声猫叫，房子不见了，二人站在草地里瑟瑟发抖。

宫泽贤治不图名，不图利（平生只赚过一次稿费，五日元），创作童话是传教，自称"法华文学"。来日本多年后重读这篇童话，竟觉得日本不就是一个"要求太多的餐馆"吗？要求这样，禁止那样，规矩特别多。从家走到车站，一路上有好多禁止。禁止扔垃圾、禁止走路吸烟、禁止踏花草、禁止钓鱼、禁止摩托车通行、禁止耍流氓、禁止喂鸽子。站前到处贴着挂着禁止乱放自行车的各式警告牌。一九八七年发售"携带电话"，重九百克，像一块板砖，真是大哥大，后来眼看它越变越小，变成玩弄于掌上的手机。手机的便利就在于随处通话，但普及之日，就是立规矩之时，公共场所放广播、出告示，禁止打手机。而且二十年如一日，电车、公交车仍然不厌其烦地要求乘客守规矩。渐成风气，老外来在日本也不得不循规蹈矩。日莲开创日本佛教十三宗之一的日莲宗，给门徒写信，言道："日本国是神国，这些神都是佛菩萨的化身。本国有很多不符合经论的习惯，违反就会受惩罚。佛法有随方毘尼的法门，只要不背离大经大法，即便与佛教有所不同，也可以遵守该国的风俗。"我佛众菩萨到了日本也要变身为土生土长的神，遑论我等凡夫俗子，当然要随着排队。不过，就凭我们悠久不灭的中华文明，在四海之外也能把他们同化掉，让世界跟我们一起放声说话。日本的俗真也不好随，可是，若不改变自己在故国故乡行之有效的习惯，就会被视同外人，自不免遭遇排外，站在草地里发抖。

近来偌大的东京站里又到处警告"不要步行玩手机"了。

二〇一六年七月,比美国晚两周,日本人(主要从孩子到三十多岁的人)也用手机玩起了捉妖游戏(*Pokemon Go*)。或曰流行一时,或曰时代将为之一变,总之已成为颇具规模的社会现象。这个游戏由美国开发并主导,用的是日本人设计的小怪物形象,所以不是"米老鼠Go",而是"小怪物Go"。最大特点是让人动,四下里捉妖,但问题也出在动上。一边行进一边玩手机,恍若僵尸,美国有人每天走十多公里,体重减了四五公斤,也有人光顾着捉妖坠下悬崖,玩掉了卿卿性命。日本立马拿出山猫轩本色,有铁路、神社要求不要把怪物放到辖区来。某浴场的注意事项原先有禁止烂醉的人、文身的人、带尿戒子的人入浴,禁止偷拍,最近告示上添加了一条:禁止在澡堂子里捉妖。让人走出门,不宅在家里,可能治好抑郁症。宫城县做出预算,招引人们来二〇一一年大地震的灾区捉妖,复兴旅游业。整个日本变成游戏场,外国人也蜂拥来捉妖,顺便买买电饭锅、马桶盖什么的,旅游立国梦指日成真。或许这游戏的可怕之处,在于能"为渊驱鱼"。

听说中国某些地方也开始捉妖游戏,不知有没有约束。中国当然也少不了禁止,很多跟日本不一样,譬如在日本从未见过禁止随地吐痰,常见的是禁止在此小便,连东京站地下通道也贴着。漫画有"十八禁",禁止十八岁以下的人看;禁止不满二十岁的人抽烟喝酒,所以女人十六岁结婚,婚礼上只能眼睁睁看着来客喝。梁启超说过:"今日之中国,报馆有禁,出版有禁,立会演说有禁,倡公理则为邪说,开民智则诬为惑人。"这些禁,日本战败后统统被美国占领军解禁。规矩,既有法律的,又有道德的、日常的,约定俗成。立规矩易,守规矩难。中国古代在破坏规矩上振振有词,如山高皇帝远,将在外君命有所不受,甚至以破坏规矩为能事,乱中取胜。日本也不是一亿人尽守规矩,酒驾撞死人的事故时有发生。说相声的北野武早说过,大家一起闯红灯就没事儿。最壮观的场景是车站四周乱放自行车。一些像北京收发室大爷模样的人执法,隔些日子开车来把不交钱停放的自行车拉走,大老远地取回,需要缴超过一个月停车费的罚款。

日本规矩有的也未免过分,例如中国人最夸的垃圾分类,细得近乎病态。实际上日常生活废弃物的回收利用远不如中国。他们最浪费纸,也就是浪费森林,这种对环境的破坏遮掩在美丽而干净的背后。日本论经典《菊与刀》写道:"日本人一旦接受了美国那种不甚烦琐的行为规则,即便接受的不深,也无法想象他们能够再过日本那样规矩烦苛的生活。"所以,有的日本人到了外国就好似穷苦人儿翻身得解放,所作所为往往比地痞更坏。

《菊与刀》认为,与其说重视罪,毋宁说日本更重视耻,日本文化是以耻为基调的文化。耻文化不是像西方的罪文化那样依靠罪恶感在内心的反映来做善事，而是依靠外部的强制力来做善事。"羞耻是对别人批评的反应。一个人感到羞耻，是因为他或者被公开讥笑、排斥，或者他自己感觉被讥笑，不管是哪一种，羞耻感都是一种有效的强制力。但是，羞耻感要求有外人在场，至少要感觉到有外人在场。"就是说，他们没有古中国人倡导的慎独，慎其家居之所为，没有人看见就不知耻，不遵守规矩。不过，深更半夜，有日本人老老实实在不见车影的路口等绿灯，恐怕"名誉的含义就是按照自己心目中的理想自我而生活，这里，即使恶行未被人发觉，自己也会有罪恶感"的美国人早就大踏步过街了，令我对《菊与刀》的见解不由得生疑。

日本自画像

所谓日本论,就是给日本画像。可以画得像蒙娜丽莎,也可以画成漫画,但都要无限地接近真实。日本人自己画,外国人也给它画,世界上最早画他们的是陈寿在《三国志》里记述的《倭人传》。后来也不时有中国人写日本,论日本,但是自近代以来,日本人看重欧美说它什么了。而中国人看重的也是欧美写日本,不大把自己人说它好坏当回事。

日本人或者自尊自大,或者自轻自贱,自己论自己,那就是自画像,兴始于明治时代。西方人来了,不仅长相不一样,炮舰也厉害,觉醒了日本人的民族意识。那阵子办杂志叫"日本人",办报纸叫"日本",勃兴日本论。有四本书广为人知:志贺重昂的《日本风景论》,内村鉴三的《代表性的日本人》，新渡户稻造的《武士道》，冈仓天心的《茶之书》。向欧美人自我介绍，要让他们知道日本是什么样的国家。虽然算名著，但是像《代表性的日本人》写五个日本人的生平事迹，西乡隆盛、上杉鹰山、二宫尊德、中江藤树、日莲上人，给中学生之辈励志，不值得今天中国人一读。

新渡户稻造

《武士道》最有名，新渡户稻造用英文撰写，日译本出版于一九三八年。林语堂用英文著述了《吾国吾民》，一九三六年出版中译本，与新渡户相比，他在故国的遭遇就波澜万丈了。新渡户为何写这么一本书呢？原来有一位比利时的法学家问他：日本的学校没有宗教教育，怎么搞道德教育呢？于是他分析自己形成正邪善恶观念的各种要素，发现武士道。

常听说中国没有宗教，所以道德成问题，也出不了大作家。说这话的人很像是好人，但不知他有否分析过自己为什么会成为好人，与西方宗教有关吗？被认为没有宗教的日本人川端康成却获得诺贝尔文学奖。

新渡户首先要排他，说：樱花是武士道的象征。武士道就像樱花,是日本土地上固有的花。来源有三,即佛教、神道、儒教。"关于严密意义上的道德教义,孔子的教诲是武士道最丰富的渊源",但"君臣、父子、夫妇、长幼,以及朋友之间的五伦之道,我民族在经书从中国传入以前就本能地认识了,孔子之教不过是对此加以确认罢了"。忠君、敬祖、孝亲,都来自神道,使武士的傲慢性格具有了服从性,"其他任何宗教都不教"。我们会觉得这些分明是儒教的教义。武士道的义、勇、仁、礼、诚、名誉、忠义,基本是儒教道德,或者是日本化的儒教道德,也就是和日本具体实践相结合了。

儒教没有人一生下来就有罪的"原罪"思想,神道也没有。陈寿《三国志》说日本有鬼道,这种原始宗教后来加上从中国传来的道教以及佛教,混合成神道。如果你去日本旅游,恰好看见神社里有人做祈祷,神官宣读祝词,听得人莫名其妙,其实那个祝词是汉文的古里古气的翻译。

很多中国人在电视上看见日本发生大震灾,人们默不作声,井然有序,也大为赞叹。听凭命运的情绪,对于不可避免的顺从,面对灾祸的克己沉着,是出于佛教。我们也深受佛教影响,却缺乏这份定力。武士道不是信仰,而是道德体系,是修养。

"武士道以刀作为其力量和勇气的象征。"不过,新渡户没有把武士道当作最高层次和终极目标,他认为同胞仍须努力,无限地接近基督教。二十世纪八十年代有人批判《武士道》,认为新渡户的日本知识很贫乏,根本不了解日本,并没有真正写出日本的精神。

九鬼周造是哲学家,一九三〇年出版《"粹"的构造》,属于日本文化论的经典,现在书店里也卖着两种文库版。他说:"'粹'一词如果只存在于我国语言之中,那么'粹'就具有特殊民族性的意义。"从语言入手,先认定一个词为日本所独有,演绎出一通日本论,成为日本人为日本文化或者国民性立论的基本手法,都试图一字论定日本。这个字先是用汉字写作"意气",后来也写作"粹",更像是美学概念。什么是"粹"呢?首先是对于异性的"媚态",这是男女之间的事,"粹"和"色"是一个意思。第二是"意气",基于武士道的理想主义,大概像电影中暴力团的劲头儿,也像老北京的爷们儿,还有点像《桃花扇》里的妓女李香君。三是"达观",看得开,这是以佛教的非现实性为背景。九鬼说:第一的"媚态"构成基调,第二的"意气"和第三的"达观"

《粹的构造》文库版封面

规定了民族的、历史的色彩。

　　伦理学家和辻哲郎的《风土》是日本论、文化史的名著，一九三五年出版。他从人的精神构造来考察风土，把世界的文化分成三个类型。东亚是季风地带，季风在世界上造成了一个特殊的风土。季风区域的风土是暑热和湿气结合。湿气令人受不了，但对于住在陆地的人来说，湿润意味着自然的恩惠，所以人们对抗自然的力量弱。况且和暑热结合的湿润经常带来大雨、暴风、洪水、干旱，这种洪荒之力如此巨大，使人放弃了对抗的念头，逆来顺受。季节的显著变化是宿命。另外两种类型是伊斯兰圈以及西亚、非洲的沙漠型和欧洲的牧场型。虽然中国和日本都属于季风类型，但中国人在忍受性的深处潜藏着战斗性，未必对自然顺从地忍耐，而日本国民性当中缺少这种战斗性。到明治维新的一千多年间，日本尊敬中国文化，谦虚地努力摄取，连衣食住也是如此。但正如日本人的衣食住变得与中国显著不同，日本人摄取的中国文化不再是中国的。"日本人尊重的不是空旷的大，而是细致；不是外观的整备，而是内部遍及各个角落的醇化；不是形式上的体面，而是心情的感动。"

　　评论家加藤周一在一九五五年也就是日本战败十年后提出"日本文化的杂种性"，写道："在西欧生活时，比较西欧和日本，有一种倾向，那就是以传统的、古老的日本为中心考虑日本东西的内容。可是，回到日本一看日本的东西和其他亚洲各国不同，也就是考虑到还必须向日本西方化已进入深处这一事实探究。绝不是从传统的日本向西方化的日本转移了注意，而是开始考虑，日本的文化特征在于这两个要素的深层关联，哪个都难以去掉。就是说，英法文化是纯种文化的典型，那么，日本文化是杂种文化的典型。"

加藤周一

"没有独特的经历就没有独创的思想。"加藤周一是国际知名的文化人，代表日本战败后。本来是学医，留学法国，也深入学习了法国文学及欧洲思想，痛感越了解西欧文化，越需要学习日本文化。后来进一步主张，中国是纯种，与之相对，日本是杂种。当然，他没有因之而抱有劣等感，而是予以积极的评价。中国多民族，多语言，从某种角度来说，文化也是杂种的，之所以说它纯种，因为各民族共有被汉字统一的文明，以纯一的汉字语言为基本共同语。

江户时代末叶日本开始接受西方，为什么能那么痛快呢？因为它早已具有杂种性。那就是接受中国的语言和文化尝到了甜头,不仅没受害,反而创建了自己的文化,甚至创建了日本本身。而中国呢,外来自古几乎都是对中国的伤害,生成了抵制的体质。

不过,日本只具有某些杂种性,并非整个文化是杂种。拿语言来说,日本并非用汉字、假名(片假名、平假名)杂交生出一个杂种的语言,好比驴和马交配出骡子,而是汉字、假名都明晃晃摆在那里,是混合,混搭。这就是日语的特异之处。

土居健郎是精神医学家,从词语剖析日本人的特性,举出一个"甘"字。不大好翻译,姑且译作"撒娇"。一九七一年出版《撒娇的构造》,指出"从明治以前形成日本人道德观的义理人情其实以撒娇的心理为核心"。被母亲充分关爱的婴儿,出生七八个月后跟母亲分开,他就会尝试重建那种完全依存的状态,这就是撒娇,是日本的独特之处。土居认为日本人特别有一种依赖他人、想和对方成为一体的感情,一旦被拒绝就撒泼,闹别扭,像孩子一样撒娇。好像说得有道理。日本近代以前依赖中国,近代以后依赖西欧,打了败仗以来依赖美国。

一九八五年土居健郎又写了《表与里》,说:"在我的印象里,从表和里两面把握事物的意识在日语里特别发达。"表和里,也就是外和内,嘴上说的和心里想的。日本人的内外意识很强烈,本来有表里两方面把握事物的倾向。"像孩子跟父母撒娇一样，撒娇是自然的，谁也不以为怪，这样的关系是内。与此相对，允许在某种规则下带入撒娇式心情，这样的关系是外，以场合的规定为前提。"确实，日本人一般不会自来熟，不把自己当外人。禅僧良宽临死时吟了一首俳句：露表面，露背面，飘落的红叶。意思是红叶飘落时才看见它的表里两面。

中根千枝的《纵社会的人际关系》出版于一九六七年，印数多达百万册。中国人读来不由得联想中国，从古至今都是纵社会，有过之而无不及。恐怕任何社会都具有纵结构，非日本特殊。有个欧美人写了一本《日本独特性的神话》，说日本人自以为独特的，实际上外国也不是没有。独特论也就是特殊论，失败时是一种辩解，胜利时是一种得意与傲视。

文艺评论家奥野健男一九八三年出版了一本《"间"的构造》，认为日语里有"时""处""人"，进而把现世都加一个"间"字来表现，时间、空间、人间、世间，令人不能不注意到日本人特别敏锐的"间"的构造、关系的感觉。颇有些日本人论说"间"，可我们觉得，这些不都是汉语吗？中国的建筑有间架的概念，书法也讲究间架结构，不就是"间"的美学吗？

《菊与刀》可说是日本论第一经典，但那是美国人给画的，不属于日本的自画像。

菊是什么菊，刀是什么刀

中国人大都不知道陈寿在《三国志》中记述了"倭人在带方郡东南大海之中""冬夏食生菜""性嗜酒""不盗窃"云云，但好像无人不晓《菊与刀》，但是又好像知道《菊与刀》的人大都把"菊"误作天皇家的家徽，说是跟"刀"搭配，象征日本人的二重性。即便不求其解，真读过此书也该明白"菊"说的是养菊花，给菊花造型，表现了日本人的爱美之心，关皇家底事。明治以来双重十六瓣菊花图案被定为皇家专用，而军国主义的日本刀四处侵略，哪里能会意出矛盾而欣然忘食呢？

《菊与刀》日译本出版于一九四八年。时当战败之初，日本被美国占领，"一亿总"灰头土脸，蓦地天降一本书，而且是美国人写的，竟然为日本文化归纳了一个类型，与欧美的文化类型相提并论，简直给日本打了一针强心剂，大畅其销就可想而知了。

讲谈社文库版《菊与刀》书封

核心内容是文化类型的分析：西欧文化是罪的文化，与之相对，日本文化是耻的文化。日本人以耻辱感觉为动力。留意社会对自己的评价，甚至只推测一下别人下什么样的判断就可以，以别人的判断为基准决定自己的行动方针。他们爱说"读空气"，意思是观察周围的气氛，决定自己该做什么，不该做什么，也就是我们说的眼力见儿。中国人常被批评说话声大，这就是不读空气，不看场合。下酒馆放声谈笑也不成问题，但是在茶馆里就必须压低声音。罪文化意识不存在的上天，耻文化意识实在的周围，前者是宗教，后者应该是修养。罪文化的人永远在赎罪，耻文化的人时时要顾及别人的眼光，活得更不易。耻是对于别人批评的反应，所以要感到可耻，需要有人在场，或者以为有人在场。西方人行善根据良心，也就是内心的罪意识，而日本人行善靠外部的制裁，避免自己成为笑料，行动的基准在本人之外，欠缺自律性,我们古人称之为"慎独"。

书中写道:"日本人彬彬有礼,另一方面又妄自尊大;守旧同时对新事物有着很高的顺应性;爱美,整饬菊花极尽技艺,另一方面崇拜力量,给武士以最高的荣誉。这从欧美的文化传统来说是矛盾的,但菊与刀却是一幅画的两个部分。"作者鲁思·本尼迪克特是文化人类学家,不曾到日本做"田野调查",关于二重性的见解很像是得自周作人。日本还处于原始状态,隔海就有个世界最先进的大陆文化,原始与先进造成二重性。周作人早就说过:"日本人最爱美,这在文学艺术以及衣食住行的形式上都可看出,不知道为什么在对中国的行动显得那么不怕丑。日本人又是很巧的,工艺美术都可作证,行动上却又那么拙,日本人喜洁净,到处澡堂为别国所无,但行动上又是那么脏,有时候卑劣得叫人恶心。"

周作人未能破解"日本民族的矛盾现象",过于喜爱"菊"的一面,而卖身于"刀"的一面。或许日本人惊喜之余,真就按照"耻文化"活,但我们略一沉思,想想历史上日本所作所为,总有点不以为然。

文学与绘画（一）

中村真一郎是日本小说家，据说其文学源于马塞尔·普鲁斯特和《源氏物语》。他也是文艺评论家，我甚至认为这应该是此公的第一个头衔，最爱读他评论汉诗和汉诗人。关于谷崎润一郎在长篇小说《细雪》中对女主人公的描写，中村曾论道："狡猾的谷崎实际上对那个女主人公的内心没有费一行笔墨，留下一片空虚。其他人物都赋予了个性，只有主人公停留于引目勾鼻的类型，这是王朝绘物语画家们的手法。"

什么是"引目勾鼻"呢？

日本历史上都城在奈良的奈良时代（七一〇年至七八四年）和都城在京都的平安时代（七九四年至一一八五年）也总称王朝时代，天皇治天下，权贵被称作贵族。此后武士们得势,把持了国柄,先后在镰仓、室町、江户开设幕府,天皇靠边站,史称武家时代。日本人自诩世界第一部长篇小说的《源氏物语》即出自平安年间。作者是女官紫式部,她在一〇〇八年的日记里记了在宫中读《源氏物语》,以此认定此书问世千余年。大约十二世纪前半宫廷画家把《源氏物语》的"物语"(故事)绘制成"绘卷"(画卷)。挂轴是竖的画,后世专挂在"床之间"(壁龛),而绘卷是横的画,富有故事性。这种绘画形式从中国传入,王朝时代本土化,也就是日本人用日本风格画日本题材。大概当初只是在皇家以及贵族的圈子里赏玩,尤其为女性所好。

《源氏物语绘卷》的独特之处就是用象征性手法"引目勾鼻"描绘贵族人物,单调至极,却仿佛画出了一种端庄。但见女性的黑发长而直,两笔勾出葫芦似脸型,粗粗的眉墨界分出额头和胖鼓鼓的脸蛋。眼睛只画一条细线,也有用个小点就点了睛的。鼻子是一个小勾,宛如平安时代创出的假名"く"。点绛唇,小得怕是饭粒竖起来就吃不进去。男女不分,一

《源氏物语绘卷·东屋》局部,现藏于德川美术馆

《信贵山缘起·延喜加持卷》局部,现藏于奈良县朝护孙子寺

脸的茫然，似乎只表示朝向。简直像小学生涂鸦，倒也有迪克·布鲁纳的"米菲兔"之趣。

《源氏物语绘卷》和同时代的《信贵山缘起》《伴大纳言绘词》《鸟兽人物戏画》被称作四大绘卷，都属于国宝。样式和技法各异，《鸟兽人物戏画》是白描，而《源氏物语绘卷》是浓彩。绘卷的构图从右往左连续，表现空间的变换和时间的推移，时而用云蒸霞蔚自然地中断时间，转换空间。《信贵山缘起》是连续式绘卷，故事循时间进展，所以是动的画，具有戏剧性，让人不由得联想动画片。《源氏物语绘卷》则属于段落式，各场面的空间和时间是静止的，和《信贵山缘起》人物表情和动作的生动形成鲜明的对照。

《源氏物语》有五十四帖，类似我国章回小说的五十四回，绘卷从每帖选一至三个场面作画。每幅图的前面有"词书"，书写一段与图相应的文字说明。词书与绘画交替展开，把一个故事进行到底。本来有十来卷，现存约四卷，共计十九个场面。

文学与绘画(二)

三岛由纪夫有各种头衔：小说家、剧作家、随笔家、评论家、政治活动家，似乎哪个"家"都非同凡响。不仅留名日本文学史，而且是日本史人物，代表了日本文化。常有人评说他哪样最好，见仁见智。堤清二是大资本家，同时以笔名辻井乔当小说家、诗人，和三岛有交情。他认为三岛的戏剧最好，第二是随笔和评论，第三是小说，第四是诗。而三岛本人说，小说是他的老婆，戏剧是他的情人。我爱读三岛的随笔以及文学评论。他论及小说的长短，这样打比方："人的精神中有对大东西的嗜好，同时潜藏着对小东西的嗜好。要把自己凝缩到小东西里的欲求，和要把自己扩充到大东西里的欲求，似乎归根结底是同样的。王朝时代的淑女穿那种宽大得布满房间似的裙子，与此同时，她们用心于小小的戒指，巧夺天工。"

平安时代上流女性的服饰是"十二单"：从红色的"长袴"和"单"（内衣）穿起，袴筒长出一尺多，脚在筒里拖着走；再穿上几件"袿"，一件套一件，通常是五件，所以叫"五衣"。到此为止叫"袿姿"，是日常装束。如果再套上"打衣"和"表着"，外面穿短褂似的"唐衣"，腰后系上打褶的围裙"裳"，叫"裳唐衣姿"，就是正规的礼服。最近东京国立博物馆展出正仓院宝物，有奈良时代伎乐吴女穿的"背子"，到了平安时代演变为"唐衣"，大概相当于我们学西方穿西装，扎一条没多大用处的领带。

改元令和，前几天（二〇一九年十月

土佐光越绘《源氏物语》，可见平安时代贵族妇女的服饰

二十二日）举行了天皇登基大典，皇后以及皇族女眷们穿的就是"十二单"。从电视上观看，一个跟一个入场，好似能剧中以急死人的步子走长长的"桥悬"（从后台走上舞台的通道，也是舞台的延长）。身后的"裳"拖地，看上去迈步颇费劲。

《源氏物语绘卷·宿木》局部，藏于德川美术馆

若席地而坐,那层层叠叠的衣裳势将铺开一大片。

《源氏物语绘卷》的画法有两个特点,一是"引目勾鼻",再是"吹拔屋台",都算是日本画的独特之处。所谓"吹拔屋台",基本不画屋顶和墙壁,只是用柱子、隔扇、幔帐等表示房间,从斜上方俯瞰,展现以人物为中心的屋内景象,而且能通看几个房间,主要人物往往被画得特别大。于是就看见三岛由纪夫用来打比方的画面,女人的衣着几乎铺满半屋子。室内、床上(地板上),大都是描绘男女恋情,人们跟着上帝或者梁上君子用全知的视点来偷窥,别有乐趣。

《源氏物语绘卷》里人物的面目画得极为简略,服饰则极尽富丽之能事。每个人坐在地板上都像个衣服堆儿,只露出不见表情的头脸。看来那时重视的是作为文化的服饰。江户时代的浮世绘继承了这种传统。富丽的色彩,平静的表情,造成了画面的情趣。《源氏物语绘卷》是抒情的,而同样绘制于平安时代的《信贵山缘起》绘卷是叙事的。

苍狼之争

村上春树上了年纪，也想当"绅士"。他说：绅士须做到三点：不谈纳税额，不写前女友，不考虑诺贝尔文学奖。

这三点正是媒体用来吸睛的。最近，日本媒体又请求诺贝尔文学奖机构开示五十年前的评选资料，那是一九六九年。据之，当年全世界推荐一百零三人，日本是井上靖，德国的大学教授推荐的，但前一年川端康成刚刚获了奖，评委会不考虑再奖给日本。

井上靖偏爱西域题材，一九六九年以前已写出《天平之甍》《楼兰》《敦煌》《苍狼》《杨贵妃传》等，在日本战败后文学中独树一帜。中国也早在一九六三年翻译出版了《天平之甍》，好像不仅为文学，更为了友好。

也有人对井上靖的历史小说不以为然。例如文艺评论家百目鬼恭三郎，和井上靖同样生于北海道，说：无论怎么复原堆积史实的片断，历史也不会就此复活。历史小说这东西，所描写的人物、事物整个必须给人以一个方向上流动之感，但井上的历史小说静止得出奇，感觉不到历史的流动。可是我觉得，这种静，有如挚友平山郁夫画西域，别具风味。

百目鬼批评之前发生过"苍狼之争"。一九六〇年井上靖出版《苍狼》，翌年，比他小两岁的小说家大冈升平撰文《〈苍狼〉是历史小说吗》，迎头一棍子。大冈说："一部《苍狼》最相似的东西是从《十诫》到《宾虚》的场面壮丽的美国电影……历史性、叙事性、道德性、残虐性、色情主义，一个都不少，但都不过是把映在宽银幕上的影像烹制得符合现代观众的口味罢了。"又说："为将其写成历史小说，井上必须放弃'苍狼'的简单的附加心理性理由和剪贴工艺。首先必须了解历史，不只是探寻史实，还必须有史观。"井上靖是文坛第一绅士，没有跳起来反击，而是理解为忠告和好意，大体上接受，大冈唱了一台独角戏，这却是日本现代文学史上重要的论争之一。

事情过了二十多年，井上靖年高七十五岁，大冈升平又翻出旧账，原来新版本做了修改，却未加注明他的指摘，使他的批评文章变成了无的放矢。历史小说，终归是小说，不是历史。若不是小说家动用想象力，想入非非，历史怎么会演义成文学？《三国志》与《三国演义》是最好的范本。以史为鉴，不是以历史小说为鉴。历史小说能给大众造成莫须有的史观，尤其影视剧，更会让不能辨别历史与小说的人信以为真，假作真时真亦假，这才是写过《俘虏记》的大冈升平所忧虑的吧。他重提旧事，正是在《苍狼》被搬上银屏之后。历史小说家司马辽太郎担心他描写甲午战争、日俄战争的小说《坂上的云》有美化战争之虞，深思了两周，不同意NHK电视台改编，但尸骨未寒，继承著作权的遗孀出卖改编权。

　　大冈曾批评，在迎合读者的意义上大众文学是一种阿谀的形式，阿谀常使人堕落。

放火的文学

老天皇退休，新天皇继位，日本政府自二〇一九年五月一日更改了令他们以世界上独一无二为傲的年号，仿佛万象也更新，却不料接连发生了两场火灾。一是京都动画工作室被纵火，死了好些人；再是冲绳的首里城失火，烧光了三栋殿堂，据说火源不明。凭我们中国人的胸怀，汪洋大海也不过一衣带水，对日本的大事小情也颇为上心，所谓第一时间就获知，为之惋惜，尤其是爱看动漫的，尚未游冲绳的。

就建筑文化来说，中国是泥土的，欧洲是石头的，而日本是木材的，木生火，所以爱着火也堪为世界上独一无二。日本多地震，但更大的灾难经常是地震所引发的燃烧造成的。例如一九二三年关东大地震，北到函馆、西到广岛都有震感，乃日本历史上最大的地震灾害。木造人家密集，街巷狭窄，东京的房屋焚毁百分之七十，死亡十万余人，不是死于烈焰之中，就是跳河逃命被淹死。这样的危巷，例如东京新宿站附近的思出横丁、黄金街，而今却变成传统风情的景点招徕游客。子曰"君子不履险地"，切记。

江户时代（一六〇三年至一八六七年）有谚语：着火和打架是江户两朵花。十七世纪后半火太多，放火是不得了的重罪，游街并处以火刑。一六五七年发生了一场江户时代最大的火灾，街市烧掉百分之六十以上，烧死十万余人，连德川将军家的城池也不能幸免，本城和外郭化为废墟，所以今天游皇居不见天守阁（城楼）。这场火也叫"振袖火事"，是江户三大火灾之一，与罗马、伦敦的大火并称世界三大火灾。一六八二年的年底又发生火灾，一个叫阿七的姑娘随家到庙里避难，遇见住持所宠爱的勤杂工吉三郎，一见钟情，此后由仆人居间，青鸟殷勤。思郎心切，阿七傻傻地以为着火就又能去庙里见到情郎哥，两个月后的夜里真就给附近的店铺放了一把火，从浅草烧到日本桥。这场火叫"阿七火事"。"振袖"是漂亮的长袖和服，"振袖火事"这叫法听着就浪漫。灾难远去，如梦如幻，到了昭和年间这两场火事被混为一谈，变成了美丽的传说，简直是幸灾乐祸。

"国家不幸诗家幸"，火灾也能为小说提供素材。例如川端康成的《雪国》,小说的最后放电影的蚕房失火,山村艺伎驹子和虚无度世的游客岛村看着火场纠缠,小说开头只一个眼睛映现在列车玻璃上"反而异样地美"的叶子从燃烧的二楼掉下来,不知是烧死还是摔死。驹子莫名其妙地喊"这孩子疯了",岛村则莫名其妙地觉得"哗的一声仿佛银河流落他心头"。小说就此结束。据说这部几乎算不上长篇的小说被断续写了十二年,令人佩服的反倒是日本读者从粗坯直看到成品,对文学的欣赏有一搭没一搭。

起火的原因大致有两种,一是人为的放火,一是意外的失火。放火尤其能诱动作家,探究犯罪的动机,剖析人性,创作出感人的作品,例如三岛由纪夫的《金阁寺》。当然,一旦有火灾,人们会先于小说创作流言,一时满天飞。京都有鹿苑寺,境内有一座三层的舍利殿,二三层涂金,所以叫金阁,寺名也俗称金阁寺。一九五〇年金阁被一个叫林养贤的年轻和尚一把火烧塌,一九五五年重建,虽然金"壁"辉煌,却不再算国宝。一九五六年三岛由纪夫发表《金阁寺》。近年来三岛作品被大量汉译,这个日本人早已惘然的烧金阁故事却被中国人读若昨日,有一点时间错乱。受审时罪犯说:确实是他干的,反正留着也没啥意义。后来又说动机在于对美的反感。三岛顺着这个说法写出"美"的永恒和"生"的一次性因烧毁而结合。文艺评论家小林秀雄认为《金阁寺》与其说是小说,不

金阁寺

如说是抒情诗。想要写成小说,不写烧了之后的事就成不了小说。那不是美的问题也无妨。他问三岛:为什么不杀掉那个主人公?三岛答:拘泥于事实。他想死,买了药什么的,刀也有几寸长。小林:自杀了吗?三岛:没有,精神分裂症,肺病也恶化,病死了。《金阁寺》被捧为三岛文学的最高杰作,颇有人不以为然,批评三岛过于信从林养贤的说法和精神病医生的鉴定书,再现为小说,制造莫须有的逻辑。一个叫小谷野敦的文艺评论家甚至说:"我和江藤淳、莲实重彦同样,认为三岛纯文学的文学价值为零。《金阁寺》《丰饶的海》之类简直开玩笑，观念性的精致文章是人工的，蒸不熟煮不烂。"小说把火烧金阁的反感美观念烙印在日本人头脑里，现在好像我们也一致接受了三岛的文学性见解。

村上春树的长篇小说《挪威的森林》也发生火灾。那是"我"去同学小林绿家玩，吃过午饭，附近着火了。我劝绿把存折、图章之类贵重物品打包，上二楼平台避难。绿说她不逃，死了也不在乎。二人喝啤酒，弹吉他唱歌看火场。绿追求"完美的东西"，那不是"完美的爱"，"我追求的仅仅是任性。完美的任性。比如现在我跟你说想吃草莓蛋糕，你就丢下一切跑去买。气喘吁吁地回来说：'唉，绿，草莓蛋糕！'递给我，可我说：'哼，已经不想吃这种东西啦。'把它啪地扔出窗外。这就是我的追求"。

村上还有一个更搞怪的短篇小说《烧仓房》。像他的多数小说一样，主人公是"我"，讲述我的经历，煞有其事。和"她"在一个婚宴上相识，那时她告诉我，她正在学哑剧。她是单纯的，那种直爽而无理的单纯支撑她活。"当然，那样的作用不是没完没了地持续的。那种东西永远持续的话，宇宙的结构就颠覆了。它能够发生，只是在某特定的场所、某特定的时期。那就和'剥橘子'同样。"

韩国导演李沧东把这个小说搬上银幕，二○一八年在戛纳国际电影节获得国际影评人费比西奖和凡尔根奖。村上的小说虚实莫测，仿佛给导演以用武之地，但一被用武，那个地就不再是村上的了。听说电影添加了社会内容，彻底篡改了小说原作，起码一九八二年的村上没有写社会的心思，不得不关心社会是后来的事。在网上看过一段预告片，就是剥橘子。

"她左边有橘子堆积如山的玻璃盂，右边有装皮的盂——是这样的设定——实际什么也没有。她把一个那种想象的橘子拿在手里，慢慢地剥皮，一瓣瓣含在嘴里，吐出渣滓，吃完了一个，归拢渣滓用皮包上，放进右手的盂里。就是不断地重复这个动作。用语言来说明，这不是多么大的事儿。然而，实际在眼前十分、二十分望着它——我和她在酒吧的柜台边聊天，她一边说一边几乎无意识地继续这'剥橘子'——渐渐觉得现实感从我周围被吸走。这是很奇怪的感受。"

她说："什么呀，这事简单嘛，不需要什么才能。总之，别纠结那里有橘子，忘记那里没橘子就行啦，如此而已。"

我说："简直是禅。"

她用父亲病故留下的钱去了阿尔及利亚，三个月后带回来一个新恋人"他"。和他吸第二支印度大麻，我想起小学时演戏，扮演卖手套的店主，小狐狸说它妈妈的手被冻坏，求店家卖给它手套，店家说"不行呀，攒够钱再来吧。那样的话"……回想在这里突兀地中断，连引号也不点就改行，接上一句"时常烧仓房。"——这是他说的。"'什么?'我说。正有点儿发呆,好像听错了。"这里的行文格式不好译,使我们难以领教村上的一个小伎俩:放火犯在叙述中侵入我内心。这就是后面说的:"我不时想,他是不是让我烧仓房。就是把烧仓房的印象送进我的头脑里,而后像是给自行车轮胎打气,让它一个劲儿鼓起来。确实,我甚至时常想,坐等他来烧,还不如我自己划根火柴烧掉了痛快。"也就是那个她,像王景愚表演吃鸡一样剥橘子皮,使我"渐渐觉得现实感从我周围被吸走"。

他说他大约两个月烧一处仓房。这是他的癖好,村上笔下的人物大都有变态的乐趣。"洒上汽油,划根火柴,立马逃走,然后从远处用望远镜悠闲地眺望。不会被抓住。一个小仓房着火,警察也懒得管。"《金阁寺》里罪犯也是用火柴放火,跑上山顶,盘膝坐下来眺望金阁的浓烟和火焰,"我要活,就像干完活儿抽根烟的人经常这么想"。村上春树不爱读日本文学,更讨厌三岛由纪夫,就像三岛讨厌太宰治,或许没读过他的小说。

他要烧我家附近的仓房,我使出村上一贯的数字趣味,调查家附近所有的仓房,距离远近、时间长短精准到小数点之后。虽然是二男一女的组合,但没有三角恋爱,好似三条平行线,女人在中间而已。有罪犯他,侦探我,追究犯罪动机,具

易燃的仓库

备了推理小说的要素。村上喜欢玩失踪,喜欢寻寻觅觅,这回找的是仓房,而且她失踪。最后却不了了之,把读者丢在那里,幽幽说一句"世界不变地继续运动"。这正是村上特有的无可无不可的态度。不是未遂犯,而是未实施犯,只是在心里犯罪——心理犯罪,好像韩国电影真变成推理,还杀了人。

我问烧了吗?他说烧了。可是,我没发现哪里有仓房着火。这是在表演剥橘子,别纠结烧,要忘记没烧。小说最后一句是"夜暗中我时而想仓房烧塌的事",说不定中国读者会蓦地想起相声《扔靴子》——净等那只了。

美国作家福克纳有一个短篇小说《烧马棚》,村上春树说,他想写"烧仓房"时还不知道福克纳有这么个小说,不知打哪儿听来的。"福克纳用'烧马棚'一语所表达的让火焰达到天际的壮丽的不道德,在这里停留在不为人知地悄悄地烧掉仓房的平静令人毛骨悚然。那是在心的角落里突然静静地烧掉的仓房。我时常想写这样令人紧张万分的小说。"《烧仓房》里也提到马厩,比仓房有价值,更有价值的是金阁。"反正就是个破旧的仓房",你紧张什么?

"杂志王"野间清治

讲谈社是日本出版业的龙头老大,甚至有"私设文部省"之称。一九〇九年(明治四十二年)创业,二〇一九年五月现有员工九百三十二人,二〇一八年度销售额为一千二百零四亿日元。(一八九六年创业的新潮社为三百五十二人,一九一三年创业的岩波书店为一百四十人,一九二三年创业的文艺春秋为三百四十九人。)

日本历来有一个说法:"讲谈社文化"是大众的,"岩波文化"属于精英。

讲谈社的大众性源于创始人野间清治,其一生清晰地映现了日本近代出版业开创与发展的轨迹。

一

野间清治生于一八七八年（明治十一年），长野县人。母亲叫文，是没有城郭的小藩饭野藩（在今千叶县富津市）武术教头的长女，文（汉文）武双全。父亲野间好雄是教头的徒弟，比母亲小十岁，是母亲的第三任丈夫。夫妻二人游走各地卖艺。走到群马县新宿村（今桐生市新宿），定居开武馆，终不成功。有人出于同情，聘他们为小学校教员。父亲身材高大，为人豁达，但除了剑道，别无长技，薪水三元；而母亲人长得好，字也写得好，薪水三元五十钱。生了清治和妹妹保以后二人被解聘，营生为艰。父亲搞起了字画，但没有鉴别真伪的眼力，经常卖给人赝品。债主上门，他哈哈一笑：钱都喝酒了。眼看母亲累死累活，村人才没有赶走他们。

明治维新后没落的士族把重耀门楣的希望寄托在儿子身上。很多小孩子念完四年的初小之后不再念，但父母拼命供清治继续读高小，并且上私塾学汉文和英语。清治擅长相扑、赛跑、游泳，是个孩子王。福泽谕吉在《劝学》一书中把欧美speech一词译作"演说"。一八六八年改元明治，历时约四十五年，前半发生了自由民权运动，盛行演说，甚至被年轻人当作出人头地的手段。小学生清治也在老师的支持下开会辩论"牛和马哪个更有用""可否让学生扫除"什么的。老师的夸奖使他对演说更加热衷。

野间清治

老师对清治还有一个影响。学生不喜欢音乐课,老师就诱惑:好好唱,下半堂课讲故事。讲的是曲亭马琴的"读本"(通俗小说)《南总里见八犬传》,清治听得入迷。小学毕业后,从邻家借来书,读了讲给妹妹和近邻儿童听。后来给公司员工讲,他们惊讶老东家的水平不次于专门吃这碗饭的"讲谈师"。

一八七二年(明治五年)颁布学制,"自今以后,一般之人民(华、士族,农工商,妇女子)必期以邑无不学之户,家无不学之人"。评论家、小说家伊藤整在《日本文坛史》中记述:"明治二年(一八六九年)开办小学校,同年把昌平黉(江户幕府的学校,以儒学为主)改为大学,明治三年(一八七〇年)开办中学校。此后普通教育和中等学校、高等学校级的私塾或私立学校的普及,到了明治二十年(一八八七年)前后出现了效果,报纸杂志的读者逐渐增加。印刷术普及产生很多报纸,报社自己拥有了活版印刷机。取代封建时代的武士,新知识阶级形成。这个新读者层与江户时代借助假名文字读绣像读物的读者层不同,他们是目睹西洋文明的流入,并且以此来讨论新政治的多少有批判力的读者。新读者层自然地要求消化新文学、新评论,形成出版业理应繁盛的必然基础。"杂志兴盛,看杂志、吸外国烟成为时尚。野间清治还在当孩子王,却已经是新读者层的一员。

新潟县有个木材商的儿子,叫大桥佐平,在家乡做什么都失败，便来到东京，打算搞杂志发行。征求儿子的意见，这儿子就是翻译《西洋立志篇》的中村正直，他建议老爹搞文摘。大桥开办"博文馆"，当时无著作权之说，随便摘录各种报刊的论说报道，荟萃一册，一八八七年出版《日本大家论集》。当时杂志卖一千册就不得了，《日本大家论集》一印三千册，重印了四次，销售万余册。又接连出版《日本之女学》《日本之商人》《日本之法律》《日本之少年》，统统是文摘，正中读者喜欢浅而博的下怀，无不受欢迎。回想一下中国"文革"后的一九八〇年代初，也兴起《读者文摘》之类的取巧刊物，就不难想象一百多年前日本近代出版业黎明时的情景。

一八九四年（明治二七年）日本对大清帝国开战，给博文馆乃至整个出版业带来大机遇，突飞猛进。博文馆出版杂志《日清战争实记》，率先用照相铜板，廉价多销，印数多达三十余万册。博文馆发展成一大出版社，和全国各地有实力的书店签约，形成以杂志为主的全国销售网。大桥佐平的次子省吾接过其岳父开办的博文馆旁系公司东京堂，经营书店之外，又开拓中盘业务。博文馆的全国销售网只卖自家的货色，而东京堂也经销其他出版社的书刊，变成一大中盘商，乃至左右出版业。省吾带头要求铁道部门不问距离，运费均一，使杂志平等地普及全国。

一八九六年春天，野间清治入学群马县立寻常师范学校。

师范学校不收学费,学生大都是贫家子弟。读四年本科,毕业可以当小学教员。清治不想当教师,志向是政治家或者军人,高人一等。开始练剑道,因为有家传,很快无敌于学校,甚至能战胜警察选手。喜爱听名人演说,热心地模仿语调、态度、姿势,常把就寝的同学叫起来,深夜跟他到食堂里听他慷慨陈词,征求意见。

一九〇〇年(明治三十五年)五月清治以倒数第三名的成绩从师范学校毕业,到母校的小学校当教师。两年后,进东京帝国大学文科大学的第一临时教员养成所国语汉文科,两年毕业有资格当中学教师。养成所成立"泮水会",以联络师生感情,清治站起来演说四五十分钟,大谈其意义,感动了英语教员松永武雄。他也是帝大法科大学和文科大学的书记长(主管事务),此后对清治宠爱有加。问清治毕业去哪里,回答:不管远近,到薪水最高的地方去。在松永关照下,清治远赴薪水最高的冲绳,任县立中学的国语汉文教师。三个月后给友人写信:学校盛行击剑,也是他的最爱,天天都噼噼啪啪,没人强过他。课堂上大讲《八犬传》,学生认为他是好老师。

政治家德田球一是冲绳人。冲绳别称琉球,球一的意思是琉球第一人。他参与组建日本共产党,以违反治安维持法的罪名被捕,坐牢十八年。日本战败后出狱,重建日本共产党,亡命并客死在中国。一九四七年出版《狱中十八年》,书中写到了野间清治，有云："琉球这地方，中学老师几乎都是从外边来的，特别轻蔑琉球人，我们就团结反抗。那些老师都是通过马马虎虎的选考南漂到琉球，质量差，高等师范学校出来的，十五六人当中有二三人；如果是大学毕业，来了就当上首席或校长。记得在他们当中也特别差的是后来当讲谈社社长的野间清治。他是我中学一年时的汉文老师，但几乎不懂汉文。课堂上净是讲石童丸故事、讲谈、浪曲之类的东西。而且把妓院当宿舍，每天从那里醉醺醺地来上班。当然也属于马马虎虎选考的南漂，薪水应该一月有四五十元。那时候妓院过夜也就一个月十来元，车接车送八里地，大吃大喝，玩女人，二十来元足够了，过得很快活。对于他那样的人来说，琉球确实是天堂，但对于我们是地狱。"

野间清治在冲绳三年半，吃喝玩乐结识了县府官吏，被提拔为县视学。二十八岁时，县立中学的校长从老家德岛给他带来一个女人，叫服部左卫，比清治小五岁，是师范学校毕业的才女，当小学教师。婚宴上清治接到松永武雄的电报，叫他赶快回东京，有了个肥缺：东京帝大法科大学的首席书记。犹豫了一番，携"眼里的世界第一美人"绕道德岛回东京。这是一九〇七年（明治四十年）。清治的薪水是四十五元，左卫当小学教师，薪水二十五元，但是在冲绳花天酒地欠下上千元的债，每月偿还三五十元，只好住月租三元的陋屋。二人想办法挣钱，给大学抄写古籍，一页三文钱，天天抄到深夜，一年还上了一半欠债。生活略有余裕，搬到了租金九元的住房。

野间清治本人对自己的放荡并不在意，可能还有点沾沾自喜。一九二二年口述"我的半生"，听得奉他为神明的编辑如炸雷贯耳。讲谈社首脑为社长讳，况且他还写过《修养杂话》《荣光之路》什么的，被当作道德的化身。小说家菊池宽创办了《文艺春秋》杂志以及出版社，他儿子被问到谁是日本最伟大的人，回答野间清治。十四年后（一九三六年）《我的半生》终于付梓问世，被大加粉饰。

二

富国强兵，日本跻身于列强行列，但大众忍受增税与征兵之苦，却没有得到什么好处，怒不可遏。社会上再度掀起演说热，一九〇九年（明治四十二年）帝大法科大学联谊会"绿会"也成立辩论部。这一年长子出生，取名野间恒。虽然日子过得很拮据，清治却把家搬到本乡区的团子坂，房租十二元。他只是个做事务的书记，手里没有教授，也没有学生，辩论部能够把刊行杂志的事交给他，恐怕全在于这所大房子，足以当编辑部。这里就成为讲谈社的发祥地。杂志叫《雄辩》，就是把演说速记下来，编辑、付印、发行。

清治曾在墙上写下"抓名乎，抓钱乎，最好两样一起抓"，但这时他只有野心没有钱。四处找出版社合作，哪家都拒绝。在公众电话簿上发现大日本图书公司，找上门游说，竟得到慨允。固然他的热忱可感，却只怕更由于该公司想借以拉拢一大批作者。双方签约，野间清治编辑，大日本图书公司承担一切费用。编辑费千册三十元。他在家门口立起了一块招牌：大日本雄辩会。

《雄辩》创刊号于一九一〇年（明治四十三年）二月十一日发刊。发刊辞有这样的说辞：雄辩衰则正义衰，雄辩是人世之光，不被雄辩引导的社会舆论必腐败，不知崇拜雄辩的国民必是无为之民。初印六千册当日售罄，最终印数达一万四千册。当时清治的薪水是六十五元，编辑费四百二十元像洪水一样涌进他怀中。后续四期的印数都超过一万册。三个月后发生"大逆事件"，警察以企图暗杀明治天皇的罪名逮捕了很多社会主义者、无政府主义者，其中幸德秋水等十二人被处死。因为山县有朋（后出任过首相）的建言，《雄辩》被当局误认为"鼓吹危险思想的杂志"，销量减半。

有意思的是，使野间清治走出困境的也是山县有朋的建言。他认为完善国民教育的普及，必须排除个人主义，涵养稳健的思想、国民道德。这种国民教育是学校以外的社会教育，也就是通俗教育。文部大臣强调，维新前的忠孝节义或劝善惩恶的稗史小说、忠勇义烈或孝子节妇的讲谈等对于固有的道德教育很有用。所谓"讲谈",类似我国说评书,拿来当教育民众的工具再好不过了。清治敏感地察觉这一点,在《我的半生》中回忆:跟通常的学校教育不同,必须搞一般大众的通俗教育。做出了各种计划,其中最重要的问题是对于一般大众该如何促进立宪的、爱国的教育。把很多讲谈的内容做成读物,不就是教育民众的绝佳资料吗?读了它,一般大众能得到精神慰藉,并修身养性,培养读书能力、文章能力、常识以及其他种种东西。

一个叫望月茂的年轻人发现人们在车上读报纸,读的并不是论说,而是讲谈似的小说(不妨比作我国的章回小说),文艺杂志卖不掉,但是以讲谈和落语(单口相声)为主的增刊却畅销,找野间清治商谈出杂志,当即拍板,卖三千册就不亏。这回清治不找出版社合作,自力出版。大日本图书公司告诫:现在你在大学上班,还编辑《雄辩》,已经够难了。而且,虽然已经有编辑经验,但出版的其他业务一无所知。大日本图书公司决定把《雄辩》无偿转让,让清治拿它练手,搞好了再创办新杂志。清治为得到《雄辩》而高兴,仍执意出版新杂志。《雄辩》编辑们对大日本雄辩会出讲谈、浪曲之类的低级杂志大加反对,于是门口"大日本雄辩会"的牌子旁边又挂出一块牌子:讲谈社。

这当口次子夭折。清治借不到钱,找不到印刷厂,岂但

《讲谈俱乐部》，连《雄辩》的发行也陷入困境。走投无路时伸手救助的是妹夫，他在乡里开纺织厂。左卫拿出全部退职金，临时教员养成所的学友也出钱支持。以预付定金为条件，秀英舍（今大日本印刷）接受印刷。当时是寄销，通常杂志三个月，唯创刊号半年以后退货。《讲谈社俱乐部》印了一万册，半年后书店开始把卖不掉的杂志退回来，清治写道：退货累累，洪水一般还不知持续到什么时候，各房间都被洪水淹没了。退货如山，遮挡了光线，家里为之昏暗，人心也昏暗。结果只卖出一千八百册，秀英舍不给印第二期。博文馆印刷厂应允，也只给印一期。从第三期委托一家小印刷厂。印数一减再减，第五期印七千册。清治想一攫千金，又投身炒股，却接连失败，负债上万元。

望月走人，请来渊田忠良当编辑主任，他能把清治的想法充分体现在杂志上。明治天皇死，改元大正，《讲谈俱乐部》也时来运转。这时出现了竞争对手，《讲谈世界》创刊。大正二年（一九一三年）新年号《讲谈俱乐部》增加卷首折页画，获得好评，重印了四次。此后印数不断增加，达到一万三千册，《讲谈世界》望洋兴叹。野间清治取得经验：对手杂志卖几千册，未必己方就减少那么多，有竞争杂志也是一个宣传。对杂志经营有了信心，辞去大学的职务，专心致力于出版。

三

讲谈由讲谈师表演,速记的人记录下来,编辑成杂志发行。大正初年浪曲流行,抢了讲谈、落语的生意,讲谈师斥之为低俗。一个叫今村次郎的讲谈师要求《讲谈俱乐部》不刊登浪曲,由他独自提供讲谈落语。野间清治表示不能交出编辑权,今村便威胁要组成反讲谈社联盟,不给《讲谈俱乐部》说书。清治断然应对:宁肯收摊也决不屈从。四十八名讲谈师联名在《讲谈世界》发告示:《讲谈俱乐部》违反我等讲谈师的意思,誓约不再为它表演。与之对抗,清治在各大报发广告,并散发几十万张传单,缕述原委,预告《讲谈俱乐部》将焕然一新,刊登"新讲谈"。

《我的半生》中写道:杂志刊登的讲谈为什么引起一般大众的兴趣呢?虽然它多少有冗漫、夸张之处,但首先是因为用平易的通俗语言来表现,谁都最容易读,最容易懂,再加上有一种特别的传统趣味。我们想到了取代这些从来的讲谈。擅长文学的小说家或传记作家巧妙地采取讲谈的样式和题材,不会写不出和讲谈同样有趣的故事。有造诣的历史学家、文艺家应该有很多人能把讲谈师讲的故事写得更有趣。这些人若创作出比历来的东西更有趣,而且有品位、有新鲜感的新讲谈、新落语,必定受天下欢迎。

委托还默默无闻的文人和记者写"新讲谈",他们当中有后来创作出杰作《大菩萨岭》的中里介山、行旅小说第一人的长谷川伸。不是在曲艺场记录"说的语言"，而是压根儿用"写的语言"来表现，消除了历来讲谈的冗漫，有细致的心理描写和情景描写，使读者耳目一新。"新讲谈"大受欢迎，读书民众化，由受过教育的少数人普及到未受教育的大众。野间清治确信，只要是满足大众需要的东西，多么大印数的图书或杂志将来都可以产生。《讲谈俱乐部》的销量剧增到一万九千册。

大野孙平是大桥佐平小姨子的长子（和著名作家山冈庄八也能搭上远亲），自一九一三年（大正二年）负责四大中盘商之首的东京堂。杂志的铁路运输价格与报纸同样低廉，而且达到了一定的印数，销路稳定。图书则不然，一本一个局面，难以把握。可是，零售店竞相减价，乱象丛生，大野主导推行定价销售制，不许压价竞争。十月革命一声炮响的一九一七年（大正六年）东京堂经销杂志五百一十五种。大野的经商理念以杂志为中心，赞同野间清治对杂志的执着，多年以极低的利息借钱给他，拯救了陷入经营危机的讲谈社。大野支持清治创刊《少年俱乐部》。

一九〇九年（明治四十二年）增田义一统领的实业之日本社实行自由退货制，书店可以把卖不掉的杂志退货。大野的定价销售制和增田的自由退货制给大正日本带来了杂志时代。这两项革命性制度至今仍然是日本出版流通的两大支柱，当初却都为销售杂志制定，杂志是日本出版业的底色。

新杂志《少年俱乐部》印数三万五千册，将近一半被退货，好在《讲谈俱乐部》印数逐月增加，突破三万册，填补《少年俱乐部》和《雄辩》的亏空。接着又创刊《趣味俱乐部》。这个杂志卖得很便宜，目的是用作宣传。野间清治极重视宣传，有钱就要做。他认为宣传没损失，大力宣传才能做出便宜的东西，才能便宜地销售。宣传费拉低成本，这就是清治的逻辑。宣传也不择手段，雇人走街串巷叮叮咚咚地宣传，被斥为低级；在筷子的纸袋上打杂志广告；在报纸版面的缝隙间插入三行广告，也敢做整版广告，震惊社会。

清治说动了师范学校的同学赤石喜平，一九一七年（大正六年）辞去小学校职务，进讲谈社负责广告业务。他不徇私情，只看哪家报价便宜，于是博报堂取代了天天上门陪清治下棋的东亚通讯社。一九一八年（大正七年）桥本求入社，后来任《国王》主编，一九一九年笛木悌治入社，后来任《幼年俱乐部》主编。当时员工有二十五人，其中七人是少年社员，也就是学徒。出版四种杂志：《雄辩》《讲谈俱乐部》《少年俱乐部》《趣味俱乐部》。创业以来出版图书约七十种。某晚，清治把七个学徒和两个女佣叫过来，谆谆教导："日本人从维新时开始把学问估计得过高，现在必须纠正这个错误。你们没上过高校，也不曾深造，但只要用心，无论怎样都会变优秀。从实际工作中能学来人所需要的东西，这就叫'实学'。真正懂得了'实学'的价值，努力去做，就一定能立世，不，能成为更了不起的人。"笛木从乡下来东京，打算在讲谈社暂栖身，然后上大学，但听了清治的话，安心在讲谈社工作六十年。

一九二一年（大正十年）加藤谦一入社。他本来是青森县的小学教师，为提高学生的读解能力，订购杂志给学生传阅，但他们不感兴趣，因为内容跟孩子们的生活无关。于是自己划钢板，油印自己编写的故事，看见孩子们那么喜爱，不禁想去东京搞儿童杂志。但出版社只聘用帝大或早稻田毕业的，对地方师范毕业生看不上眼。来东京三年，朋友让他去试试讲谈社。他死乞白赖，写了一纸"为何要辞去小学教师当杂志记者"，终于被录用。入社一个来月，划钢板写了一纸议案。清治读到了，决然任命他连面都没见过的新员工为《少年俱乐部》主编。加藤就任时发行六万册，第二年增加，三年后达到三十万册。

四

大正天皇在位十五年，大致这期间政治、社会、文化各方面呈现民主主义、自由主义的倾向与思潮，大众文化、消费文化勃兴，日本战败后史学家称之为"大正民主主义运动"。中央公论社一八八七年创刊的《中央公论》充当了时代潮流的根据地，主编是泷田樗阴，政论主将是提倡民本主义的吉野作造，他当过袁世凯家的家庭教师，后执教东大。"大正民主"的结果是惧怕社会主义运动的当局一九二五年（大正十四年）出笼了"治安维持法"，对言论、思想的自由大加蹂躏，快步走向了侵略战争。

"大正民主"结束，"修养主义"行时。明治、大正年间倡导者是新渡户稻造，一九二六年末改元昭和，野间清治独领风骚。所谓"修养"，即修身养性。像改革开放后中国人的动力是让一部分人先富起来一样，明治年间的资本主义动力是"立身出世主义"，实现的途径已不同于幕末志士，基本靠学而优则仕。一九一八年（大正七年）义务教育就学率为百分之百，升入初中的比率，一九二五年男生为百分之十九点八，女生为百分之十四点一。由于贫穷，不能踏上立身出世（出人头地）之路的年轻人当然满怀怨恨。一九三五年讲谈社出版清治的《世间杂话》，他的修养主义是这样的：只是小学毕业，未必上中学，也能了不起。能了不起的人，上不上中学都能了不起。上不上并不那么成问题。不是才智，而是看其人的品性如何。古人告诫，出人头地的路不在远处，就在鼻子底下。在仰用掸子、俯用抹布之间。吃饭、待客、办事、传话、行礼，变得了不起的路也在这些之间。诸君，一天一天集成一月，一年，一生，让"那一天"了不起！这就是他用来训练讲谈社学徒的。这时学徒有二十来个，分成两组，轮流在清治家服侍，在出版社工作。有详细的规则，诸如进入挂着清治像的房间，要像见到他本人一样恭敬地行礼；门前趿拉板散乱，要弯腰摆整齐。清治的修养主义情怀奠定了"讲谈社文化"的思想根基，昭和初期也浸透到庶民的内心深处。

问题来了，清治的独生子野间恒也将小学毕业，上不上中学？交给社里的几位骨干讨论，基本意见是继续读书，读到大学毕业。只有一个人，就是那个被清治教导不用上学的笛木，主张不必再读了。清治说，笛木的意见深得吾心。清治培养学徒们，意在缔造近卫军，日后辅佐唯一的接班人。"我的孩子只有恒，你们要把他当兄弟。"恒不需要学历，他要做"人格上的统合象征"，不能变成脱离这些人的高学历精英。

一九二一年（大正十年）野间清治用五十万元在东京的音羽买下一处大宅院，占地六千五百坪，建筑二百五十五坪（一坪约三点三平方米）。从护国寺门前到江户川桥一带叫音羽，如今在护国寺站下车，地下有专用出入口直通气派宏大的讲谈社大楼。因地命名，讲谈社统率的出版集团叫音羽集团，而与之抗衡的小学馆和集英社坐落在一桥那里，叫一桥集团。清治在音羽宅邸里建了一座剑道馆，聘用师傅教练儿子和一群学徒。野间恒被严加训练，成长为武艺高强的年轻剑客。

五

一九二三年（大正十二年）九月一日中午发生关东大地震，死亡十万人。当时，《妇人公论》主编岛中雄作正在七楼进行面试——女记者波多野秋子三个月前和作家有岛武郎情死，出现了空缺，招募新记者。《妇人公论》是中央公论社（今中央公论新社）一九一六年（大正五年）创刊的杂志，比《中央公论》晚，两刊都迄今犹存。此时野间清治在豪宅里，觉得房屋像醉汉一样摇晃，脚下的地面震动，好似骑在暴怒的巨兽背上，眼看就要被抖落。大震灾几乎毁灭出版业。博文馆总店、东京堂焚毁，实业之日本社被烧得连一支笔一张纸都没有了，有社员认定不可能复兴，逃回了老家。大野孙平一九一四年（大正三年）促成的东京杂志组合（今日本杂志协会）在野间家开会，商定"到十月一日为止，不以任何形式刊行报道大震灾的杂志"。

讲谈社只倒塌了退货仓库，房屋完好，也无人受伤，逃过一劫，人们感叹"野间总是很幸运"。他决定把原定十二月创刊的杂志《国王》推迟一年，出版单行本《大正大震灾大火灾》，为天下提供比报纸更精细的报道。不然，"如此场合，没有一个人做出这种计划，是出版行业的耻辱，也无颜面对外国"。他约画家横山大观绘制封面，请戒严司令提供受灾地图和照片，找报纸记者新妻莞撰写报道，十多天付印。杂志组合的人发现劫余的印刷厂所有机器都在印讲谈社的东西，大为愤怒，但讲谈社说，印的是书，不是杂志。众口一声，谴责讲谈社耍滑头。

初版二十万册，但发行渠道成问题。指望东京堂发行十万册，但处于灾难中，东京堂只应承二千册。当时杂志零售店和图书零售店的比例是十比三，这个"三"里又近半兼营书刊，图书销售网远不如杂志。讲谈社盘算的是利用杂志的流通渠道来大量销售这本书。出于利益的伙伴关系，大野孙平为讲谈社打破惯例，同意用杂志销售网发行图书。这是日本出版流通史上划时代的事件，专卖杂志的零售店也卖图书了，从此各种店一律变成了"本屋"（书店）。欧美杂志销售通常走报纸渠道，而日本将杂志和图书一条道流通，形成了独有的特色。

铁路运输还是个问题。杂志可以用报纸包装，堆积在车厢里，但图书必须用木箱捆扎，逐箱称重计价，这样，发送二十万册需要一两个月的工夫，况且震灾之后也找不来木箱或者制造木箱的材料。清治派人找鹤见祐辅通融，他当年是东京帝大法科大学的学生雄辩家，也参与创刊《雄辩》，如今任铁道省总务科长。鹤见点头，像杂志一样简易包装，按图书计价。

十月一日发售，清治坚信"大卖"。人们遭遇了前所未有的大震灾，急切想知道究竟，争相购读。二十万册转瞬间售罄，最后增印到四十万册。这本书救活了中盘商，救活了书店，虽然扮演了大发国难财的角色，但以此为契机，讲谈社终于在出版界取得了领导地位。

文艺评论家木村毅在《讲谈社五十年历程》一书里指出：《大正大震灾大火灾》以美谈哀话为重点编辑，看不见清治对关东大震灾中虐杀朝鲜人的日本社会阴暗部分的关注。自序所说的"可怕的流言蜚语使市民昂奋已极的神经焦躁，以至于拿起武器自卫，更是把虐杀朝鲜人正当化"。

一九二四年（大正十三年）末杂志《国王》问世，四百五十四页，印数五十万册，史无前例；当时印数最多的是一九一七年创刊的《主妇之友》，二十五万册。秀英舍为《国王》增建厂房，购入新活字和轮转机。王子造纸厂高管两度出国，进口新的抄纸机。讲谈社的学徒们倾巢出动，穿着衣襟透染"大日本雄辩会讲谈社"字号的外褂奔赴各地书店，登门推销，临行前清治亲自教他们怎么说。接连在大报上做广告，发售当天还给六千家书店拍电报。最终增印到六十二万册，卖掉五十八万册。一九二七年（昭和二年）新年号发行一百二十万册，日本出版史上杂志第一次突破百万。《国王》的畅销使讲谈社一跃而成"杂志王"。恐怕同业却皆有打倒之心，因为讲谈社垮掉一种杂志，他们就能有几种杂志得以存活。

六

一九一九年（大正八年）山本实彦兴创办改造社，刊行《改造》。偏重于文学，印数二万册，连出了三期，大半被退货，只好做收摊之想。但编辑请社长靠边站，完全交给他们编一期试试。第四期以"劳动问题、社会主义"为内容，三万册两天就卖光。此后变成比《中央公论》更左的综合杂志。顺风满帆，却被一场地震烧光了房屋、印刷机以及八十万册图书。挽狂澜于既倒，高薪聘编辑，七百人里录用一人，叫藤川晴夫。他献了一策：书都烧光了，那些刊行文学全集的，都乘机卖高价，连研究人员都买不起，应该薄利多销才是。筹划一番，决定出一套《现代日本文学全集》，每卷定价一元钱。出师须有名，打出广告：我社断行出版大革命，把特权阶级的艺术解放给全体民众。采取预订方式，先交最后一卷的定钱。人们正处于书荒中，预订多达二十三万，登时就不愁出版资金了。自一九二六年（大正十五年）末，一月出一卷，计六十三卷。改造社的"元本"引发了持续四五年的全集出版热，各出版社竞相出版形形色色的全集多达百余种，造成出版业量产模式。蜗居里摆一套全集成为居家标配，大大提高日本人的审美水准。被收入全集的文人们先富起来，接踵去海外旅行了。

有两家出版社没有抢上槽，错过了这波全集出版热，那就是岩波书店和讲谈社。岩波茂雄比野间清治小三岁。一九一三年（大正二年），茂雄在东京的神田开了一家旧书店，请夏目漱石题写了"岩波书店"。翌年漱石又慨允茂雄印行他的小说《心》，这就是岩波出版之始，逐渐形成了知识精英层及其预备军支持的"岩波文化"。茂雄和清治从天生性格到人生追求各不相同，出版路数自然也各异，但是从文化来说，两个社互补，不可偏废。岩波书店做大做强靠的是出版《漱石全集》，而讲谈社主打杂志。

茂雄本想搞一套"世界文学全集"，却被新潮社抢先出版了《世界文学全集》，而且比改造社的《现代日本文学全集》更成功。茂雄便指责用预购来束缚读者是不当的，并想起学生时代爱读的德国雷克拉姆文库、英国卡塞尔文库，照葫芦画瓢，筹划"岩波文库"。岩波的作者们认为这个文库漫无体系，而且廉价会减少他们的版税，大加反对。一九二七年（昭和二年）推出夏目漱石的《心》等三十一种廉价文库本，大受欢迎。全集热只是热闹一时，而岩波文库创建了一种出版形态，至今不衰。

野间清治呢？一九二八年（昭和三年）出版《讲谈全集》（十二卷）、《修养全集》（十二卷），价格低廉。算计各卷卖一百万册，可书店叫苦，因为比一般小说厚，增加了由书店负担的运费。名古屋、大阪的书店兴趣缺缺，结果两套全集都没有卖掉一半，不得不盖了几个仓库装退货。大量生产、大量宣传、大量销售的路线受挫。清治在《我的半生》中叹息：给天下提供这两种好书，家家户户买一套，让日本所有同胞都变成有修养的人，有道德的人，有日本精神大和魂的人。不只是卖全集，而是在弘扬"道德"，弘扬"义理人情"，弘扬"仁义礼智"，弘扬"忠孝"，向天下散发幸福。

一九二九年发生世界大萧条，受其影响，《国王》杂志销量也下跌。

七

讲谈社的出版方针是有趣而有益，《国王》畅销建立起霸权，因时而异，方针变成"为世为人"，更明白地说，就是"杂志报国"。据说这就是流行语"××报国"的滥觞。随着企业巨大化，和国家权力的距离越来越近，逐渐一体化。文部省偏重智育，讲谈社自主承担了德育，以至由提倡平民主义转向鼓吹帝国主义的德富苏峰称赞它是"私设文部省"。

另类媒体人宫武外骨批判："不德"富苏峰总说报纸报国，难道有人自吹孝子吗？如果有，那他就是个大冒牌货，大骗子。出几种低级无聊的杂志，自称东洋杂志界头子的野间"不清治"，为何叫他"不清治"？因为同行里称之为无耻之徒，社会一般贬之为出版界耍把戏的。野间"不清治"常说杂志报国，可笑之至，实在可笑。大概利欲一片的卑鄙者回报国家的诚意，比说教大盗让人家养狗、关紧门窗更高明的诚意，比思想恶导者宣传思想善导更灵验。

木村毅指出：讲谈社既没有《中央公论》和《改造》两大

杂志推动知识阶级那样的指导力量，也没有被称作"哲学的岩波"和"文学的新潮"一般的招牌。协助父亲大桥佐平创办博文馆的大桥新太郎投身出版业，创刊杂志《文艺俱乐部》《太阳》《少年世界》，一九〇二年当选为众议院议员，建立了出版、印刷、流通的联合企业，一时间成为出版业帝王。实业之日本社社长增田义一创刊《妇女世界》《日本少年》《少女之友》等杂志，一九一二年当选众议院议员。野间清治却被视为暴发户，未能在社会上提高身价。

当时的社会认识是报纸为天下公器，而杂志唯利是图。皇家不邀请杂志王赏菊或赏樱。倘若是报纸王，那可就大不一样。关东大震灾，具有六十年历史的《报知新闻》陷入绝地，敦请野间清治当社长。此时讲谈社大约有员工二百五十人，另有学徒二百人，而报知新闻仅东京员工就多达千人。清治已抓了满把的钱，现在有机会抓名，赔钱也在所不惜，一九三〇年（昭和五年）就任。路线依然是修养主义：不要光写渎职、盗窃、抢劫、失业等阴暗面，更多地写善行美谈。与其谴责资本家的横暴，不如写优良资本家的做法，这才是为世为人。

八

清治夫妇忙着给儿子找媳妇，又要漂亮，又要门第，终于和陆军省军事科长的长女町尻登喜子订婚。这时恒的身体出问题，却不肯就医。野间家不信科学，过分地相信精神力量。最后诊断为胃癌晚期，立即住院做手术。三四个月后出院，直接去举行婚礼。三天后倒下。

一九三八年（昭和十三年）十月十六日，野间清治因急性狭心症猝死，享年六十一岁。葬礼在讲谈社讲堂举行，一万八千人送殡，从护国寺到江户川桥的道路为之堵塞。

野间恒接班，就任第二代社长，但二十二天后病故。

野间左卫接任第三代社长。她记忆力惊人，一路陪丈夫走过来。清治好大喜功，豕奔狼突，操控他的是夫人。老员工甚至说：讲谈社的异数发展，一半，不，六成，应归功于贤内助。左卫掌权后，首先与《报知新闻》切割，接着把讲谈社改为股份公司。

一九四一年（昭和十六年）未亡人野间登喜子招婿，高木省一倒插门。省一毕业于东京帝大法学系，继任第四代社长，被称作中兴之祖。

战败后自杀的陆军大将阿南惟几的儿子惟道娶省一的独生女佐和子为妻，入赘野间家，担任第五代社长（他的弟弟当过驻中国大使）。一九八七年野间惟道病故，佐和子走出家庭，就任第六代社长，那一年讲谈社出版村上春树的《挪威的森林》。现任第七代社长是她的儿子野间省伸，一九六九年出生，出版理念是创造"世界最有趣、最有益"的书。讲谈社依旧是野间家族的企业，但他们身上流的都不是野间清治的血。

闲在日本读鲁迅

我爱读鲁迅,但从未研究他,就像好酒之徒未必研究酒一样。作为一个纯粹的读者,无非说点读后感,近乎胡说八道。鲁迅在北京的八道湾住过,后来被周作人占据,我就是"胡说八道湾"。

提及鲁迅,一般都称作鲁迅先生,我以为,不去掉这先生二字,鲁迅就永远是神,高踞于其他作家之上。我读高中时赶上"文化大革命",既不敢造反,也不愿保皇,属于逍遥派,一大收获是闲在家里读鲁迅,通读了《鲁迅全集》。说老实话,我自认热爱文学,但迄今为止,只读过鲁迅的全集。现今在日本,基本不读中国书,唯有鲁迅的书仍然常置座右。不过,虽如此爱读,却从未把他当神,甚至还有点讨厌他的脾气。

恍惚记得《藤野先生》是一九六〇年代上中学时学过的。老师教给我们这是一篇散文。散文是文学，不是传记，更不是档案，真真假假，但好像中国人喜欢把假的读成真的，把文学读成现实。

根据我侨居日本三十年之体验，这篇散文里最真实的是开头三句："东京也无非是这样。上野的樱花烂漫的时节，望去确也像绯红的轻云。"一落笔就写出他对东京的态度——"也无非是这样"。我如今也有了这种态度，东京也无非是这样，日本也无非是这样。接下来笔锋一转，他写道："但花下也缺不了成群结队的'清国留学生'的速成班，头顶上盘着大辫子，顶得学生制帽的顶上高高耸起，形成一座富士山。也有解散辫子，盘得平的，除下帽来，油光可鉴，宛如小姑娘的发髻一般，还要将脖子扭几扭。实在标致极了。"听说他是到日本不久就剪掉了辫子，大可以嘲笑这些清国留学生。此文作于昭和元年，昭和朝早已成历史，平成朝也走过三十年，年年随俗看樱花，却也是不可能不随，因为到处有树，到时候开花。我大清的主子奴才在电视上风光，但花下早没有了清国留学生"将脖子扭几扭"，可游客更多了，千姿百态与樱花合影，不免让日本人横眉冷对，只是还没听说上野公园也出现"一树大妈"。

游湖赏樱

《一件小事》也是散文，鲁迅遇上了"扶不扶"的问题，可能是中国文学第一次涉笔至此。鲁迅写那个老女人："眼见你慢慢倒地，怎么会摔坏呢，装腔作势罢了，这真可憎恶。"但车夫是负责任的车夫，敢于担责，令鲁迅感动，"榨出皮袍下面藏着的'小'来"。说来哪种文化都具有两面性，非日本独特。民族的两面性不一定分明地体现在一个人身上。他笔下的车夫和老女人，合起来表现出中国老百姓的两面性，一方面高大得"须仰视才见"，另一方面"真可憎恶"。这件小事将鲁迅"从坏脾气里拖开"，可惜他没有尖刻地批判那个老女人，以至于一百年过去，中国满街是"扶不扶"的问题。特别感人的是他"从外套袋里抓出一大把铜元，交给巡警"——有钱啊，出手大方，而且不怕警察给贪了。《一件小事》发表于一九一九年，两年后（一九二一年）的春天芥川龙之介乘船到上海，一上岸，"大约几十个车夫忽地把我们包围了"。

　　因为读过鲁迅的《我的第一个师父》，所以初到日本，见识和尚们喝酒吃肉，娶妻生子，倒也见怪不怪。鲁迅写道："寺里也有确在修行，没有女人，也不吃荤的和尚，例如我的大师兄即是其一，然而他们孤僻，冷酷，看不起人，好像总是郁郁不乐，他们的一把扇或一本书，你一动他就不高兴，令人不敢亲近他。所以我所熟识的，都是有女人，或声明想女人，吃荤，或声明想吃荤的和尚。"这话是不错的，虽然日本到处有弘法大师空海的传说，但亲鸾比他更有人情味儿。自我与性欲是人性解放的主题，近代以来知识人拿亲鸾浇自己心中的垒块，以致他不单是净土真宗这一宗的祖师，甚而被置于代表日本的思想家、哲学家地位。哲学家梅原猛说，亲鸾是日本人的精神故乡，人气在空海之上。出版界甚至有一个说法：不景气就拿"亲鸾"卖钱。前些年五木宽之的小说《亲鸾》畅销，似乎是一个证明。

鲁迅一九〇二年留学日本，好像和夏目漱石有缘。漱石出生在东京新宿区，也死在这里，作品中常出现新宿各处的地名。纪念他诞辰一百五十周年，二〇一七年新宿区建成"漱石山房纪念馆"。这好像是日本最具规模的夏目漱石纪念馆，根本比不上我们的鲁迅纪念馆或者博物馆。漱石的墓在东京的杂司谷灵园，小说《心》里写过这个陵园。墓碑像厚重的沙发座椅，让人悬想漱石也像我们的鲁迅一样高踞其上，但他生前是坐在榻榻米上生活、写作，有照片为证。漱石活着的时候曾担心近代化可能把日本带上绝路，美军空袭，他的住居被焚毁，简直是应验。漱石也住过文京区的西片，在那里创作了第一部报纸连载小说《虞美人草》。房东有点坏，几番涨房租，气得他搬家，临走还在客厅里撒了一泡尿。后来鲁迅租住在这里。他爱读《虞美人草》，特意订了报纸。漱石是美文家，鲁迅说他

"以想象丰富,文辞精美见称"。周作人说:"大体夏目漱石的作品,受翻译的感动和影响的想来较少,可是读原文受其影响的就很多了。例如鲁迅的《阿Q正传》即是,那想来总受有《我辈是猫》的影响的。"

《我是猫》是一本日本人论,而《阿Q正传》是世界最著名的中国人论。正如鲁迅所言:"从小说来看民族性,也就是一个好题目。"鲁迅关注和批评中国人的国民性以及人性,恐怕也受了日本的影响,乃至可以说,周树人若不留日,就没有"鲁迅"。日本打赢了甲午战争,盛行日本论以及中国论,那时候出版有德富苏峰的《大日本膨胀论》《七十八日游记》等,志贺重昂的《日本风景论》等。一九〇七年,也就是秋瑾被清廷杀害那年,日本的国学家芳贺矢一出版《国民性十论》;二〇一八年中国也出版,由李冬木、房雪霏合译。鲁迅一九〇六年三月之前在仙台医学专门学校学医,该校一九一二年升格为东北帝国大学医学部,这若是当今,就要在学历上填写医大吧。据鲁迅自道,看了纪录片,认识到愚弱的国民,只能作毫无意义的示众的材料和看客,决心要改变他们的精神。他弃医从文,不知读没读过《国民性十论》,而周作人多次提及此书。鲁迅回国,一九一八年发表第一个作品《狂人日记》。《国民性十论》译本后面附录了译者的论文,认为鲁迅应该读过这本书,"并不重点讨论'食人风俗',却或许是提醒或暗示鲁迅去注意中国历史上'食人'事实的关键性文献",“为《狂人日记》的创作提供了一个'母题'"。

秋瑾是鲁迅的同乡，两家相距也不远，但同在异国，好像他们之间并没有交集。原因可能是秋瑾们的行动有违于鲁迅的观念，他说过："群众，——尤其是中国的，——永远是戏剧的看客。……对于这样的群众没有法，只好使他们无戏可看倒是疗救，正无需乎震骇一时的牺牲，不如深沉的韧性的战斗。"

日本人具有二重性，爱用转折语，一波三折。我们读鲁迅文章有一点别扭，似乎就别扭在这里。读惯了日文，或许会觉得自然。鲁迅那一代受日语的影响，也好用长定语的句子，不过，我们至今也不习惯日本那么长的定语，翻译时往往顾不上日语特色，只好"将汝裁为三截"。从文体来看，鲁迅受日文的影响比周作人大得多。

鲁迅有一句名言："第一次吃螃蟹的人是很可佩服的，不是勇士谁敢去吃它呢？"这话是一九三二年说的，比他早几年，夏目漱石的《我是猫》里，主人公苦沙弥先生收到几封信，写道："第一个吃起海鼠（海参）来的人，其胆力可敬，第一个食河豚的汉子，其勇气可嘉。吃海鼠的是亲鸾再世，食河豚的是日莲分身。至若苦沙弥先生，只知酸酱拌干瓢。食酸酱拌干瓢而为天下之士者，吾未之见。"漱石在笔记中也有写："吃起海鼠来的人必须相当有勇气和胆力，起码像亲鸾上

烤海参肠子

人或日莲上人那般刚毅。比最先吃河豚的人更了不起。"多少年后周作人坏坏地写道:"腌蟹的缺点是那相貌不好,俨然是一只死蟹,就是拆作一胛一胛的,也还是那灰青的颜色。从前有人说过:最初吃蟹的人胆量可佩服,若是吃腌蟹的,岂不更在其上么?"

关于这部小说,夏目漱石在上篇自序中自我批评:"没有主旨,没有结构,文章像头尾分不清的海鼠,哪怕就此一卷收场也完全无妨。"这个比喻,"头尾分不清的海鼠",取自江户时代的俳人向井去来的俳句。第一个孩子出生,是女儿,夏目漱石吟了一首俳句:平平安安生下像海鼠一样的孩子。孩子像海鼠,这个想象真有点匪夷所思。他写过几首咏海鼠的俳句,爱用海鼠打比方,例如小说《矿工》里"像海鼠一样爬行"。海鼠就是我们视为补品的海参,模样不算雅,和歌不写它。江户时代把海参剖开晾干,出口到中国换银子,日本人自己吃海参肠子。晾干后烤着吃,是所谓"珍味",下酒很不错。

鲁迅和周作人虽然是一奶同胞,同样在绍兴长大,却好似两股道上跑的车,为人处事大不一样。这也表现在标题上,鲁迅是"标题党",周作人的书名则平淡无奇,什么《自己的园地》《雨天的书》,而鲁迅的《准风月谈》《且介亭杂文》,

他不自道一番，真教人不知所云。对于家乡的饭菜，两个人的感受和态度也相反，就好像他们的相貌，从照片上看，一个精瘦，另一个圆胖。精瘦的鲁迅写道："对于绍兴，陈源教授所憎恶的是'师爷'和'刀笔吏的笔尖'，我所憎恶的是饭菜。《嘉泰会稽志》已在石印了，但还未出版，我将来很想查一查，究竟绍兴遇着过多少回大饥馑，竟这样地吓怕了居民，仿佛明天便要到世界末日似的，专喜欢储藏干物品。有菜，就晒干；有鱼，也晒干；有豆，又晒干；有笋，又晒得它不像样；菱角是以富于水分，肉嫩而脆为特色的，也还要将它风干……"但圆胖而平和的周作人写道："中国学生初到日本，吃到日本饭菜那么清淡，枯槁，没有油水，一定大惊大恨，特别是在下宿或分租房间的地方。这是大可原谅的，但是我自己却不以为苦，还觉得这有别一种风趣。吾乡穷苦，人民努力日吃三顿饭，唯以腌菜臭豆腐螺蛳为菜，故不怕咸与臭，亦不嗜油若命，到日本去吃无论什么都不大成问题。有些东西可以与故乡的什么相比，有些又即是中国某处的什么，这样一想就很有意思。如味噌汁与干菜汤，金山寺味噌与豆板酱，福神渍与酱咯哒，牛蒡独活与芦笋，盐鲑与勒鲞，皆相似的食物也。"兄弟为人不同，走不同的路，或许也出于对吃食的不同接受与领悟。对于日本饭菜，我初到日本也是大惊大恨，所以到底不能像周作人那么爱日本。

鲁迅也说到干菜的妙用，那就是"听说探险北极的人，因为只吃罐头食物，得不到新东西，常常要生坏血病；倘若绍兴人肯带了干菜之类去探险，恐怕可以走得更远一点罢"。可惜，中国人探险北极、南极至今，不曾听说其中有绍兴人带了干菜去，无远弗届。倒是看过一部日本电影叫《南极厨师》，那个厨师想方设法做出了拉面，把南极观测队员吃得泪流满面，看着很有点阿Q。

饮食习性也会变。"本来S城人是不懂得吃辣的"，但鲁迅"辣酱要多"。夏目漱石爱吃甜食，是所谓"甘党"，据说吃出病来还是吃。有人研究夏目漱石的吃，写了一本《漱石舔果酱》。好像鲁迅也爱吃甜食，把牙吃坏了也照吃不误，不知这嗜好是不是在日本养成的。

关于女性观，鲁迅和周作人有所不同。有人说，在女性问题上，周作人是近代中国最具建设性的启蒙思想家。他写道："生在此刻中国的女子不但当以大胆与从容的态度处理自己的恋爱与死，还应以同样的态度来引导——不，我简直就说引诱或蛊惑男子去走同一的道路，而且使恋爱与死互相完成。"他"确信中国革命如要成功，女子之力必得占其大半"，也就是大半边天。似乎鲁迅更在意"娜拉出走后怎样"。我不禁想到他的正房，叫朱安的。鲁迅说："自己背着因袭的重担,肩住了黑暗的闸门,放他们到宽阔光明的地方去。"不只是孩子吧,然而他顾虑把娜拉们放出去会是什么样呢。"如果是一匹小鸟,则笼子里固然不自由,而一出笼门,外面便又有鹰,有猫,以及别的什么东西之类;倘使已经关得麻痹了翅子,忘却了飞翔,也诚然是无路可以走。还有一条,就是饿死了,但饿死已经离开了生活,更无所谓问题,所以也不是什么路。"一九〇六年鲁迅回乡,奉母命成婚,然后带着周作人重返日本。或许周作人关心女性问题即起因于眼见大嫂守活寡也说不定。

鲁迅说道日本人,基本是用来对照中国人。

例如,他说过日本人认真:"像这一般青年被杀,大家大为不平,以为日人太残酷。其实这完全是因为脾气不同的缘故,日人太认真,而中国人却太不认真。中国的事情往往是招牌一挂就算成功了。日本则不然。他们不像中国这样只是作戏似的。日本人一看见有徽章,有操衣的,便以为他们一定是真在抗日的人,当然要认为是劲敌。这样不认真的同认真的碰在一起,倒霉是必然的。"

这是从国民性的深层找原因。世界上怕就怕认真二字,日本人就最讲认真。鲁迅还说过:"我怀念日本。那些日本人有种打破砂锅问(璺)到底的气质。我是羡慕日本人这一点的。

中国人没有这种气质。不管什么,总是用怎么都可以来对付过去。不改掉这'怎么都可以',是无论如何不能革新中国的。"不过,这就是他的"'个人的自大',就是独异,是对庸众宣战"。独排众议,别抒己见,却仿佛否定了日本人的残酷,以致有人骂他是汉奸。日本人做事,包括杀人,做起来都是较真的。近年中国人很是夸日本的细节,说是有工匠精神,说到底,工匠精神首先在于认真,认真出细节。

老舍在《四世同堂》里也描写了日本人的认真,写得很有幽默感:"瑞宣没有任何罪过,可是日本人要捉他。捉他,本是最容易的事。他们只须派一名宪兵或巡警来就够了。可是,他们必须小题大做,好表示出他们的聪明与认真。约摸是在早上四点钟左右吧,一辆大卡车停在了小羊圈的口外,车上有十来个人,有的穿制服,有的穿便衣。卡车后面还有一辆小汽车,里面坐着两位官长。为捕一个软弱的书生,他们须用十几个人,与许多汽油。只有这样,日本人才感到得意与严肃。日本人没有幽默感。"

鲁迅还说过日本人的模仿:"优良而非国货的时候,中国禁用,日本仿造,这是两国截然不同的地方。"

郁达夫也说:"日本的文化,虽则缺乏独创性,但她的模仿,却是富有创造的意义的;礼教仿中国,政治法律军事以及教育等设施法德国,生产事业泛效欧美,而以她固有的那种轻生爱国、耐劳持久的国民性做了中心的支柱。根底虽则不深,可枝叶张得极茂,发明发见等创举虽则绝无,而进步却来得很快。"

启蒙,有一个启蒙谁的问题。福泽谕吉说,他写的东西是给猴子看的,用这种态度写出来的东西最适合大众。他的《劝学》本来是十七个小册子,各自独立,后来合成一本书,当然主题是一以贯之,就是让人民从人下人的状态中挣脱出来。明治时代日本人口约三千多万,这本书卖了三百多万册,其普及程度可想而知。严复的翻译不是给学童看的,鲁迅的文章也不是写给闰土祥林嫂们看的。

中国历史上对日本以及日本人的认识,以鲁迅那一代为最高,代表是周作人。一九八〇年代以降来日本的人,虽然侨居时间比他们长,但认识超不过他们,往往不过在重复他们的见解,充其量是印证与强调。

读与写

我爱读随笔,把自己写的东西也当作随笔。

一九八八年赴日,侨居至今,还记得东渡在即,写了一首诗给自己壮行,有这样两句:"勤工观社会,博览著文章。"这就是我出国的志向。一不想打工发财,二不想留学镀金,而是要写作。不是写小说,是要写心向往之的随笔。二十世纪九十年代初,在北京的《读书》杂志上开了个专栏,介绍我眼见的、体验的、阅读的日本。自称贩日,就像是贩卖日本。我是下车伊始就站在观察者、旁观者的立场,从没有进入人家主流社会的念头,三十年来不改初心。

常有人问,怎么不叫散文呢?你认为随笔和散文有什么区别?说老实话,我也不清楚,只是自家认定罢了:散文重在状物、抒情，像鲁迅的《藤野先生》《一件小事》那样的，而随笔偏于知识与趣味，如周作人所写。

日本文学的传统是随笔。虽然他们自诩有世界第一部长篇小说《源氏物语》，现代有川端康成和大江健三郎两位作家获得诺贝尔文学奖，村上春树的小说也走遍世界，但他们的文学压根儿是随笔的，小说也往往带有随笔味儿。

与小说相比，我更爱读日本的随笔。过去作家被叫作文人，他们不仅写小说，也写得一手好随笔。例如夏目漱石、谷崎润一郎。夏目漱石说，他写的不是小说，而是文章。好些作家很会写故事，但是从文章的角度来看，写得并不好。当编辑的心里最清楚，这样的作家让他们叫苦不迭。我不太爱读当代作家，一个原因就是他们写不来随笔。如今随笔写得最好的是村上春树，我不喜欢他的小说，但非常喜欢他的随笔。在我国也畅销的东野圭吾，说自己不会写随笔。随笔是文章，它的内容是知识和趣味，不是讲故事。

随笔是自由的，不定型。它有太多的写法，与大部分文学形式不同，难以下定义。我给自己的随笔定下的标准是知识、趣味、文体，三者相结合而成文学。趣味大半出于性格乃至人格，知识可以从书本里读来，以致周作人也被讥为文抄公，当然知识也来自生活。随笔的高低还取决于文体。文体以平淡为高。一篇随笔，当时读和现在读可能有完全不同的趣味，时过境迁仍然能抓住人心,那就是名作。不过,随笔也好像是处于论文与文学之间,未必左右逢源,时常倒可能左右不讨好。没有趣味性的随笔就变成评论。

拿日本写随笔再合适不过了,但需要有一种平常心。如果没有平常心,文体也就难以平淡。什么是平常心?好就说好,坏就说坏,这就是平常心。哈日族把日本说成天堂,天花乱坠,愤青们把日本捺入地,万劫不复,都不是正常心。还有人打鬼借助钟馗,但钟馗若有假,恐怕打鬼的就是鬼。画鬼容易画人难,有些人写作就像在那里画鬼。

随笔也自有时代性。甲午战败后,中国人写日本始终有一种悲情。二十世纪八十年代出现出国潮,赴日留学或做工的人不绝如缕。好像日本最容易引起中国人感叹,写起来都带有使命感。即使在日本写作,也常常是要向国内介绍或借鉴日本。大都不带有文学意识,不当作文学来写。哪怕写小说,也常常是主题先行。这是写日本的一个特点。

观察需要独特的视角,更需要准确,避免看走眼。而且,观察不仅看眼前,也要回顾历史,把日本放到历史中看。譬如有人说日本人善于保护传统,其实,所谓传统大都是经济大发展之后修复或重建的,近乎伪传统。只因为是外国的东西,我们以为自古就那样,传统保持得那么好。崇洋媚外是日本对传统的最大破坏,而保护传统也是跟西方学的。

我们写日本还有一个先天的毛病，那就是总在做比较，中国始终是一个扯不断、理还乱的参照。替人家追根溯源，根源自然在中国的古代，结果文章的落脚处就变成弘扬中国了。譬如日本人给欧美讲他们的汉字、他们的禅，我们就觉得不像话，把中国的东西当作他们自己的了。可是，这时如果着眼于人家把外来文化和当地实践相结合，我们就会发现日本文化，甚至可能发展了中国文化。

有日本人说：对于随笔家来说，重要的是钱、闲、书。我倒是有闲，只要不想发财，人就闲着，但这样就没有钱，没钱就买不起书。幸而人在日本，我的高招是利用图书馆，不花钱也能有书读。

写东西是成本最低的消闲。人老了，缺少了学习的劲头儿，似乎就不宜写随笔。老了应该写小说，尽情地想象，尤其是那些身体已不能力行的事情。或许人生的最后应该写一篇小说。如今是网络时代，写什么、怎么写、为啥写，好像都不重要了。随意而写，已经是普遍的现象。

日边吟

天河横佐渡

当今社会由人与商品构成,特点之一是凡事排座次,挑明人与商品之间的亲疏,以助消费。文学艺术也在劫难逃。松尾芭蕉一辈子吟咏俳句(当时是发句)一千零六十六首,那么,十个指头也不一般齐,哪一首独占鳌头呢?曾有三百多位俳人投票海选,天魁星是这一首:

> 大海万马奔
> 悠悠星汉横何处
> 佐渡黑压压

构成日本国的岛屿大大小小有六千多个,日本海上的佐渡岛面积排第八（本州、北海道、九州、四国、泽捉岛[①]、国后岛[②]、冲绳岛、佐渡岛），属于新潟县。芭蕉旅行东北，元禄二年（一六八九年）七月四日走到出云崎，此地有往来佐渡岛的渡船，也因此繁荣。"那佐渡之岛在海上十八里[③]处，沧波为隔，东西三十五里。"实际上，芭蕉于六月二十六日离开酒田，沿着日本海步行九天，始终能望见佐渡岛。一路上浮想联翩，在渔港小镇出云崎住一宿，便吟出这首千古绝唱（原文：荒海や佐渡に横たう天の河）。日语有五个元音，aiueo，这首俳句十七个音里用了九个含 a 的音。张开嘴发声，心胸也豁然开阔罢。而且，上五个音和下五个音的末尾押 a 韵，此呼彼应，浑然一体。

　　海的空间多么广阔，星的时间多么辽远，岛那里应该有人，有人类的历史。天、地、人，三位一体，这般宏大的意境，不仅在芭蕉的俳句中，就是在整个俳句史上也不多见。不妨拿唐诗来比较，例如芭蕉最倾倒的杜甫诗句"星垂平野阔，月涌大江流""沧海先迎日，银河倒列星"，芭蕉原作只用了三个名词：海、佐渡、天河，再加上一个动词：横，其余就全

---

① 另有俄译名伊图鲁普岛。——编注
② 另有俄译名库纳施尔岛。——编注
③ 日本一里约合中国八里。——作者注

与谢芜村描绘的芭蕉像

凭读者想象了。这就是俳句。那么，我们能想到什么呢？大海如万马奔腾，佐渡在夜光下浮现黑压压的身形，而星汉，那条银河，天上的河，让我们油然联想牛郎与织女，日本叫它们彦星、织姬，"盈盈一水间，脉脉不得语"。或许又记起"两情若是久长时，又岂在朝朝暮暮"，但这是豁达呢，还是无奈？

芭蕉想了些什么呢？恰好他为这首俳句写了百余字的《银河序》，道出了悠悠我思。他不曾浮想牛郎织女们，那不过是浪漫的哀伤。思接千载，想的是岛上遍布险峰深谷，磕鼻子碰脸，盛产黄金，却又是重罪流放地。

一六〇〇年关原之战，德川家康统率的东军击破诸侯联合的西军，赢得霸权，转年佐渡岛上发现金矿。德川在江户开设幕府，佐渡是幕府直辖的领地，即所谓天领（幕领），出产的金银成为幕府财源。采矿的苦力多数是流放来的囚徒。流放之刑仅次于死刑。日本引进唐律，流放也分为三等，但不是像广袤的中国那样二千里、二千五百里、三千里，而是从京都算起，距离分为近、中、远。"远流"最重，流放到伊豆、安房、常陆、佐渡、隐岐、土佐等地，多是在岛上建小屋自活。妻妾连坐同行，其他家人自愿，所以时逢七夕也不会被牛郎织女的故事引起天各一方的悲凉吧。金矿挖到海平面以下，幕府把江户、大阪流落街头的人抓来佐渡当劳工，给坑道淘水。遥想芭蕉当年，他驰思历史，不禁悲从中来，雄浑阔大的景色也为之黯然，虽然并没有像杜甫那样点明了"天地一沙鸥"的悲情。

"日既沉海，月犹暗淡，银河挂在半天，星光璀璨，海上阵阵传来涛声。"景中有史，借史抒情，但是据跟随芭蕉旅行的曾良记录：七月四日"夜中，雨强降"。也有人指出，这个季节天河应该从南天横亘天顶，与佐渡岛方向恰恰相反。这样的天文学考证很有趣，却不免煞风景。较真就没有文学，也不会有思想。

明治年间流放地改为北海道，一九〇八年刑法废除了流放。佐渡金银矿挖了四百年挖空了，于一九八九年关闭，被国家定为"佐渡金银山遗迹"，招徕游客，而且在申遗。现在日本最大的金矿是鹿儿岛县的菱刈矿山，每吨含金约五十克，为世界平均含金量的十倍。以至在一切都另眼重看的今天，有人说日本资源并不贫乏，正如有人说中国也不像过去自诩的那般地大物博。

写这篇小文的三月十日恰好是佐渡纪念日，缘于三和十谐音佐渡。

咏樱

様々の事思い出す桜かな

故意多用了两个汉字抄录,望文生义,这一首俳句的意思大概我们中国人也能猜个八九不离十:看见这樱花,就想起种种事情来。浅白明摆着。或许正因为它浅白,便具有一种普遍性,到处能套用,也就更多些人气。譬如,看见这红叶,就想起种种事情来;看见这老屋,就想起种种事情来……

俳句的音律通常是五七五,但是就内容来说,此咏樱应断为七五五。周作人说过:"至于俳句翻译,百试不能成,虽存其言词,而意境迥殊,念什师嚼饭哺人之言,故终废止也。"这话说得对,而看似浅白的,更难译成诗,若知难而进,那就

樱花

只好"再创作":

　　花开昔日庭
　　几多风雨几多梦
　　往事如落樱

　　由盛开想到了飘落,霎时间纷纷如雪,"再创作"也不免过了头儿。这是芭蕉的名作。不知你想不想,反正我想:这要不是出自芭蕉,而是初学者写出这么一首俳句,人们会怎样看待呢?孩子的涂鸦就是涂鸦,而原始人或毕加索的涂鸦价值连城,因为能扯到历史和艺术,让评论家有话可说,滔滔的。俳句有时让人觉得它不是推敲的,而是脱口秀。

　　江户人爱樱花,芭蕉也不能免俗。他写过很多首咏樱,或"初樱",或"散樱",也写过盛开的"花云":钟声何处闻,上野遥遥更浅草,连天花似云(原文:花の雲鐘は上野か浅草か)。芭蕉爱樱花还有更深层的意义,那就是追慕十二世纪的歌人西行。有这样的说法,要说吉野,那就是樱花,要说樱花那就是西行。西行本来是天皇身边的武士,不知是由于亡友抑或失恋,总之是感触无常,抛家舍业遁入了空门,一生为樱花写下二百三十多首和歌,其中很多写吉野山樱花。芭蕉在《笈小文》中写道:"三月(阴历)过半,勃然兴起，风雅之心诱我上路，独探吉野之花。"他行旅多沿着西行的足迹，这是第二次去吉野，途中回老家看看，吟出"种种事"。那是一六八八年，他四十五岁，已经确立了"蕉风"（芭蕉风格）。

家乡伊贺是群山环抱的盆地，属于藤堂藩。芭蕉热爱这块父亲耕作一辈子的故土。十几岁的芭蕉，那时叫松尾宗房，给藤堂良忠当伙夫。良忠比芭蕉大两岁，号蝉吟，芭蕉也充当伴学，跟着他学习俳谐。传世的芭蕉出道第二首俳句（发句）就是一首咏樱：樱花浓浓妆，老了以后再回想，我也曾堂皇（原文：姥桜咲くや老後の思ひ出）。想来这是他参加良忠的赏樱会所作。人生无常，芭蕉二十三岁时良忠猝死。据说他把良忠的牌位送到高野山供养之后递上辞呈，未获准，便擅自离藩，游学京都。一晃二十来年过去。良忠之子良长也二十三岁了，号探丸子。他在别墅设宴赏花，也邀请正好回乡的芭蕉赴会。悠悠岁月，"在故主蝉吟公之庭前"，芭蕉当然要想起故主，但也会想起少作，想起少年狂，想起了太多的往事，感慨万千，竟不知从何说起。一树繁花一人生，人生尽在此句中——此俳句中，此句话当中。

日本赏花的独特之处是呼朋引类在盛开的樱花下饮酒作乐。中国自古也踏青，也赏花，也在花下聚饮，但远不如日本，一年一度，是全民性娱乐活动。当权者不必假惺惺与民同乐，只要他宽松地允许百姓点灯。中国人旅游日本，去上野等处看他们赏花，看的是日本文化；侨居日本的中国人也应时赏花，自以为接受甚至融入了日本文化。每当观望或参与花下聚饮，那一堆堆人群，便仿佛见识到日本的小团体主义，这一个个小团体的共同行为构成蔚为壮观的大团体。参加小团体可能只是怕失群，而大团体场景就像是有什么精神了。芭蕉在世的时候，这样的赏花方兴未艾。他吟道：树下眼蒙眬，清汤细鲙都不见，满席花绒绒（原文：木のもとに汁も膾も桜かな）。

杀生石

九月二十三日是秋分，日本放假一天，跟朋友驱车去枥木县北头的那须温泉。秋分之日再加上前后各三天，这七天是彼岸；日语"彼岸"与"日愿"（向太阳祈愿）同音，所以，佛教的彼岸概念也含有土著的太阳信仰。一路上绿色连绵，时而有红花闪现，状如火苗，那就是彼岸花，传说它开在黄泉路上。

我们途中要游览一处史迹，竟是叫"杀生石"。

芭蕉在游记《奥之细道》中记述："杀生石在涌出温泉的山阴，石头还在冒毒气。蜂蝶之类横尸累累，几乎看不出细砂的颜色。"

杀生石在山坳中，好似泥石流过后的景象。一条木板路透

杀生石（维基百科图片）

迤通向迎面的山坡，坡上有一片乱石。旁边竖立了一块大石，日本的诗碑常见这种原石状，镌刻芭蕉的俳句：

石の香や夏草赤く露あつく

试译：

乱石喷狐臊
夏草尽染红褐色
朝露也嫌热

这首俳句不见于《奥之细道》，是伴随他旅行的曾良记在日记里的，大概还未加推敲罢。

把各种说法攒到一块儿，就是这么个故事：日皇宫中有一个美女，无所不知，被叫作玉藻前，万千宠爱集一身。秋夜，风吹灯灭，只见她玉体发光，室内通明，天皇就病了。医药无效，阴阳师被召来祈祷，看破玉藻前是一只白面金毛九尾狐，祸害够了中国和印度，又来毁日本。原形毕露，狐妖逃到了那须原野。日皇派人率大军追杀。狐跟狗差不多，将士就拿狗练射百余日。芭蕉行旅奥州，先参观了这个围猎狗的遗址，如今只剩有传说。找来找去，发现水池如镜，映现玉藻前的狐形，原来她变作蝉,隐藏在樱树荫。射水中影子,玉藻前被杀。化为灵石,不断地散发毒气,杀害人畜。后来有个叫玄翁的和尚,大喝一声,把毒石打碎,飞散各地;铁榔头也叫玄翁,就打这儿来的。白狐现形,告饶不再做坏事。毒气顿减,但至今未尽,所以山坡围上栅栏,游人止步,以防中毒。和尚降妖,但神社祭奉,称之为玉藻稻荷大明神,也就是狐仙。

一说九尾狐,我们立马就想到《封神演义》,以为又一段中日交流的佳话,甚至做一番研究。大概九尾狐是唐宋年间传入日本的,但一般日本人不知道《封神演义》,更不知道《山海经》,他们有自己的故事。十世纪编制的《延喜式》记载:九尾狐,其形赤色,神兽也,祥瑞。十三、十四世纪能乐的曲目就有了《杀生石》,十九世纪不仅人形净琉璃、歌舞伎改编搬演,又刊行读物,如高井兰山的《绘本三国妖妇》、式亭三马的《玉藻前三国传记》。

芭蕉写石头,还有好几首,最脍炙人口的是蝉声沁入岩石里。实际上,蝉声沁不进岩石,毒气也不出自石头,而是从地缝冒出的硫化氢气体,很多温泉就飘散这个味儿。看罢杀生石,又去看了看"鹿汤温泉",明治时代的木房子,好像早就该写个拆字。据说开汤一千三百年,那可比杀生石还古老。姑妄听之,继续赶路罢。路旁不时地展现娇黄的稻田,忽而白花花一片,天还早,不然可以吟白居易的诗句:月明荞麦花如雪。

山寺蝉声

井上厦是山形人,四年前去世,他上小学时日本正侵略中国。那时候他几乎天天哼一首歌,叫《山寺的和尚师父》。歌词大意是:山寺的和尚师父要踢球没有球,把猫塞进纸袋里,踢一脚喵喵叫。他说:上学时不是被高年级学生欺负,就是搞防空演习,一想到再过几年就得上战场,万念俱灰。这首儿歌明朗、轻快,作为回想或许会掩盖那个时代的黑暗。也有人批评这首儿歌虐待动物,而井上厦本人写过他少年时代给猫浇上汽油点燃等虐待动物的好奇心。更遭人非议的是他这个小说家、剧作家写不出来时不是抓耳挠腮,搜肠刮肚,而是打老婆。人们以为有文化的人都是非暴力的,像戏曲中的白面书生那样。

山寺在山形县,正式的名称叫立石寺。那里樱花没看头,

山寺冬景

红叶颇有名,但我更喜爱五月,蝉还没有叫,沁入心底的是满山深深浅浅的绿。立石寺可不是浪得虚名,远望被树木掩映,近看耸立在岩石之上。循石阶而上,据说到山顶有千余级,但游山玩水,早已没有了数台阶的童心。将近山顶,一巨岩壁立,顶上建有一座小土地庙似的纳经堂,这个游人必照的"绝景"是山寺的"名片"或"代言人"。三百多年前的一六八九年七月,四十六岁的芭蕉走到山形藩的尾花泽,主人好客,逗留了十日。淫雨放晴,因主人推荐,芭蕉和随从曾良去六十里开外的山寺一游。《奥之细道》中写道:"山形领地有山寺,云立石寺,慈觉大师开基,殊清闲之地也。"据说山寺是慈觉大师奉清和天皇之命于平安朝初期的八六〇年建立的,属于天台宗,供奉药师如来。慈觉大师圆仁是西天(唐)取经的八僧之一（最澄、空海、常晓、圆行、圆仁、惠运、圆珍、宗睿），有《入唐求法巡礼行记》传世。纳经堂旁边有一座开山堂，天天早晚用米饭香火供养慈觉大师。史学家说，圆仁身为天台座主，而且年高六十几，不可能从京都的比睿山跑到东北来开山。日本寺庙神社的历史大都只能是姑妄听之。

芭蕉又写道："借妥山麓之宿坊，遂登山上之僧堂。岩石相叠成山，松柏年久，土石老而苔滑。岩上寺门皆闭，不闻声响。绕崖、攀岩，拜佛殿，佳景静寂，但觉心澄耳。"游山寺是芭蕉行旅奥州临时增加的项目，这一去不得了，写下他数一数二的"名句"（有名的俳句）：闲さや岩にしみ入蝉の声。山寺从此成为名胜，柱子上写的是"奥之细道立石寺"。试译：

闲闲静静呀
满山夏蝉何处噪
沁入岩石中

寒山诗有云：寒山唯白云，寂寂绝尘埃，大概芭蕉所感受的"清闲"与"静寂"皆源于"绝尘埃"，归于"绝尘埃"。寂寂心澄，以至听不见蝉噪，但蝉噪是自然的，不可能消失，哪里去了呢？仿佛都沁入岩石里。这首俳句不是咏蝉，而是写脱俗之心。由寺庙（宗教）传出来的静寂超越历史，充满宇宙，蓦地警觉满山的蝉声，这蝉声却只是让人更明确地意识到静寂。

中国读者也许立马就想起一联古诗：蝉噪林逾静，鸟鸣山更幽。（南朝王籍的《入若耶溪》）我们的诗人听着蝉噪更深切地感受静寂，芭蕉则进入不闻的境界，蝉声都沁入岩石里去了。这就是日式幽玄吧。当初芭蕉落笔第一句（按译文来说）是"山寺呀"，后改为"凄寂呀"，三改而为"闲静"。"沁入"也是由"粘上"改来的，这种推敲的工夫与我们古人作诗一样。

萩

东京有一座园子叫百花园,柴扉低矮,居然还挂了一幅对子,这在日本不多见:春夏秋冬花不断,东西南北客争来。——遥想当年很风光。一八〇四年建园,但古迹不古,应该是认知日本的一个常识,当初的园子毁于明治年间近代化,毁于隅田川泛滥,毁于美军大轰炸,今天的景色是一九四九年以后重建的。四季花事无了时,六百余种当中最可看的是春梅秋萩。

萩,这是日本的叫法,我们叫胡枝子。鲁迅说:"中国虽有名称而仍用日本名的。这因为美丑太相悬殊,一翻便损了作品的美。"所以我喜欢叫它萩,当然发音是中国的了。似乎胜过了胡枝子、蒿子杆(日本叫春菊)之类称呼,但只要用汉

秋天的萩（维基百科图片）

字,终归是咱中华文化的胜利。我们的花名也有更美的,例如《枕草子》里写道:"虽然不值得特别提出来,加以称道,镰柄花却也是可爱的。但是那名字说是镰柄,也有点讨厌,汉文写作'雁来红',却是很好的字面。"(周作人译)看来作者清少纳言在宫里当差,讨厌农具,那就是讨厌农民。

《枕草子》也描写了萩,说它"花色很浓,树枝很柔软的开着花,为朝露所湿,摇摇摆摆的向着四边伸张,又向着地面爬着,那是很好玩的"。(周作人译)百花园狭小,萩不得张扬,要是在山下河边,它的确是"向着四边伸张"的,蓬蓬勃勃。古代日本人喜爱小花,而小花不宜一朵一枝地欣赏,要赏玩遍野的"秋野之花(花野)"。后世一树树地赏樱是这种赏法的极致。

据说中国到了十五世纪初，胡枝子才出现在《救荒本草》里。这是明太祖第五个儿子朱棣编撰的，从书名来看，或遇荒岁，萩也可以活命。日本八世纪后半成书的《万叶集》收有四千五百多首歌，吟咏约一百五十种花，最多就是萩，有一百四十一首。当初用汉字写作芽子，大概指的是花形，读若波义，它是秋季的芽子，它开花秋就到了——秋风凉，并辔去郊野，同赏芽子花。那时候人们喜好秋，而平安时代干脆拿来萩这个字，以示秋草。但不知何故，被派赴唐朝五年的山上忆良在歌中开列了七种草花，叫它们"七草"，打头的是萩（其实是灌木）。那也不能就认定古日本最爱是萩花，因为从《枕草子》到《徒然草》，说到秋草都不是萩为首，被称作"续《万叶集》"的《古今和歌集》里咏萩仅十首。

宫城野，今仙台市宫城野区，对于平安王朝的人来说，远离京都，那里是萩花的景点，《源氏物语》也吟咏过。斗转星移就到了一六六八年，芭蕉行旅"奥之细道"，渡过名取川进入仙台。宫城原野上萩草葱茏，令他油然遥想秋的景色，但时当端午前一天，吟的是菖蒲。七月四日（阴历）越过了北国最艰难的路段，投宿市振关（在今新潟县）。隔壁有人说话，原来是新潟之地的两个游女（妓女），偷偷跑出来，去参拜伊势神宫。晨起，游女请芭蕉带她们走路，"以结佛缘"。芭蕉是

一副出家人打扮,被她们误会了。因行止不定,拒绝了同行。想起昨夜的事,吟道:

> 各走人生旅
> 当空明月檐下萩
> 也睡着游女

并且"嘱曾良记之",但随行的曾良在日记里没有记游女的事,看来此段纪行也是芭蕉的虚构。萩与月相关,特别是中秋,用萩、芒供月。秋分前后一周是秋彼岸,用萩饼祭祖。春分前后一周的春彼岸祭祖也用它,却叫牡丹饼,因时而异。这种"饼"用红豆馅包白米饭,大概是红色驱邪的意思。倘若在我们东北,这又是一大怪:豆包不像豆包,窗户纸糊在外。

芭蕉墓

芭蕉墓在大津的义仲寺。

大津与京都相邻，乘快车从京都站到大津站只需十分钟，近得让人误以为同城。大津是滋贺县的首府，在日本第一大湖琵琶湖边上。七世纪还当过五年多都城，几年前有过一波市民运动，硬是把车站"西大津"改称"大津京"。这里有古迹，有国宝，有明媚风光，还有世界遗产延历寺，大大小小的庙宇散布在比睿山半腰，但因为离京都太近，被黑在了灯下，游客往往略过它。

在膳所下车。车站很精致，遗憾没有投币寄存箱，只好拖着行囊去义仲寺。小城再小也必有车道，只给人留下羊肠小路，这是当年经济大发展造成的恶果，好在驾车人礼让行人。

芭蕉墓

义仲寺坐落在民居当中，纵目早不是芭蕉喜爱的景色了。一茶曾吟道：直奔义仲寺，猴急猴急猴急急，初逢秋时雨（原文：義仲寺へ急候はつ時雨）。我来是五月，木门洞开，满眼新绿。小小的枫叶印在碧天上，好像巧手剪出来的，那种勃勃生机的绿胜似秋天垂死的红。寺是国定史迹，境内静悄悄，不见游人。芭蕉于一六九四年十月十二日（阴历）客死大阪，忌日因季节也叫时雨忌。享年五十一岁，遗言"葬我于义仲寺"。寺内有一座翁堂，供奉芭蕉像，左右是去来和丈艸，就是这些门徒连夜扶柩舟行，将"正风宗师"安葬于此。天井上有伊藤若冲画的十五幅花卉。说来也巧，前些天东京都美术馆举办若冲展，纪念他诞辰三百年（芭蕉去世二十二年后出生），但观众如长城，望而却步，无意间在此遇见其作品，虽剥落殆尽，也不无惊喜。

芭蕉几度来大津，在这里创作八十九首俳句，占全部俳句的十分之一。一六八九年走完了"奥之细道"，翌年又来到大津，住在仲义寺内的无名庵。有一个门徒叫菅沼曲水，把伯父的旧草房拾掇了一下，请芭蕉搬过来避暑。那年芭蕉四十七岁，住了三个半月，写下《幻住庵记》。幻住庵在近津尾神社里，是二十五年前纪念芭蕉逝世三百年（一九九一年）重建的，当然看不见《幻住庵记》所记"蓬竹绕轩，屋漏墙颓，狐与狸在此作窝"。芭蕉偶尔也汲水自炊，那天朋友来，他吟

道:"わが宿は蚊の小さきを馳走かな。"意译如下:

> 荒径为君扫
>
> 幻住庵中蚊子小
>
> 如何料理呀

《幻住庵记》写他庵中生活、周边景色,也感慨了人生,有云:"虽然这样说,也不是一味地喜好闲寂,隐迹山野。身体欠佳,懒得跟人交往,就像个厌世的人。活了这么多岁月,反思一下自身多舛,某时曾羡慕当官获得土地,一度想遁入佛门,却为了莫测的风云吃苦,为花鸟费神,聊为营生,终将无能无才而毕生致力于俳谐。乐天破五脏之神,老杜瘦瘠,虽然才能不及,但此世对于他们和我都不过是虚幻的住处。胡思乱想,洗洗睡了吧。"

(白居易《思旧》:"诗役五脏神,酒汩三丹田;随日合破坏,至今粗完全。"传李白《戏赠杜甫》:"饭颗山头逢杜甫,头戴笠子日卓午;借问别来太瘦生,总为从前作诗苦。")

荞麦面

吃一碗荞麦面，好些日本人会想到江户味。池波正太郎的武士小说里常有人吃，就为了表示他写的是江户时代。

用石臼把荞麦磨成粉，擀面条吃，始于江户时代（一六〇三年至一八六七年）之初。荞麦面的历史远不如小麦粉面条古老，原因之一是荞麦无黏性，不经煮。起初做"荞麦搔"，如今荞面馆还拿它当下酒菜。将近半个世纪前我曾被下乡，吃过玉米面做的"嘎儿"，类似"荞麦搔"。切面，叫"荞麦切"，本来是寺庙的伙食，所以荞麦面会吃得那么简素，好似禅宗庭园的枯山水。德川纲吉当上第五代幕府将军的时候（一六八〇年），街上出现卖荞麦面的挑子。到了第八代将军德川吉宗执政，江户时代过去百余年，人们的喜好从乌冬

荞麦面

面转向荞麦面，荞面馆多过乌冬面馆，从此便有了"江户荞麦，京阪（京都、大阪）乌冬"之说。掺小麦粉啦，熬木鱼汁啦，浇热汤啦，冷水淘啦，用笸箩或者蒸笼盛上桌啦，吃法基本上定型，流传至今。吃荞麦面还上来一壶煮面的热汤，正所谓原汤化原食。

和平年代人们把吃喝奢侈化、游戏化。天保年间（一八三〇年至一八四三年）幕府为重建财政而断行改革，提倡勤俭，矫正世俗，严禁大吃大喝，而荞麦面馆是日常生活里的吃食，属于低消费，借势大发展。德川幕府将交出权力的一八六〇年，也就是万延元年（大江健三郎写过《万延元年的football》，乃赢得诺贝尔文学奖的代表作之一），江户人口推定为一百二十万，街上有三千七百六十三家荞面馆，相当于三百二十人有一家。

去年旅游山形县，赶上荞麦花开。稻子黄了荞花白，地头还开着嫣红的彼岸花。山形人爱吃荞麦面，可能从信州（长野县）传来的，但吃法不同。叫作"板荞麦"，盛在长方形木盒里，黑而粗，煮得比较硬，有嚼头。江户的传统吃法是蘸一点点佐料汁，刺溜刺溜往嘴里吸，让京都人听来很没有教养。可能佐料汁没有东京那么咸，山形这里是夹起一筷子全蘸进碗里。现在东京有一千三百万人口，不是老东京人能生，大半是外地人迁入，"江户荞麦"之说早已过时了吧。

吃罢想起了松尾芭蕉咏荞麦：

蛾眉月当空
朦朦胧胧一片白
满地荞麦花

（原文：三日月に地はおぼろ也蕎麦の花）

荞麦花是白的，白居易也写过：霜草苍苍虫切切，村南村北行人绝。独出门前望野田，月明荞麦花如雪。对照一下便看出俳句是如何短小的——它没有背景的描写（霜草苍苍虫切切，村南村北行人绝），没有行动的叙述（独出门前望野田），只写了"月明荞麦花如雪"。而且，白居易强调的是"明"，芭蕉则是写"胧"，朦朦胧胧。这情景恍如川端康成《雪国》那句有名的开头：穿过国境长隧道就是雪国，夜的底下变白了。

香鱼

来在日本，第一次出游是跟日本朋友去大田原吃香鱼。那时懵懵的，没看出垂钓的乐趣，也不觉得烤香鱼美味。大田原在栃木县，那珂川流过市当中，这条河以香鱼出名。香鱼，日语写作"鲇"，被称作河鱼之王。它生在河里，秋天顺流下海，吃浮游生物，第二年开春半透明的小鱼（叫冰鱼）又溯流而上，身体长大，改食河底的硅藻，肉就有了香气。今年六月一日钓香鱼解禁，当日有一万三千名钓客拥到那珂川挥竿。童谣诗人金子美铃在鱼满舱的时候吟道：海里／几万的／沙丁鱼吊丧。在水族馆里看见过成千上万的沙丁鱼抱团，仿佛以一个意志忽来忽去地游动，简直像条龙。香鱼也叫溪流沙丁鱼，却是孤独的王者，各占一个地盘，不许同类进入。鱼＋占，就用

"鲇"字表示它。人利用这个秉性，线头上挂一条鱼，诱它攻击上钩，却称之为"友钓"。

大田原知名，还因为与松尾芭蕉有缘。公元一六八九年五月十六日（元禄二年三月二十七日）芭蕉带着门人曾良从江户出发，走"奥之细道"，游览名胜。大约费时一百五十天，行程五千里。其间，逗留在大田原的时间最长，住了十三宿。参观了古刹云岩寺，写在游记《奥之细道》中，却不曾提及香鱼，没有写一首吃香鱼的俳句。

香鱼也是有传说的。它的寿命只一年，所以日本最古老的汉文编年体史书《日本书纪》里写作"年鱼"，据之，神功皇后"聪明睿智，貌容壮丽"，"伤天皇不从神教而早崩"，"欲求财宝国"。夏四月，北到松浦县（今佐贺县），在小河

盐烧香鱼

之侧进食。她弯针为钩，取粒为饵，从衣服上抽线当钓丝，登上河里的石头投钩，说：朕要往西找财宝之国，要是能成事，河鱼就来咬钩吧。果然钓上来细鳞鱼。皇后说，真是"稀罕物"。稀见，日语读若"梅豆罗志"（めずらし）。于是人们把那里叫梅豆罗国，后来叫成了松浦。梅豆罗国的女人每年四月上旬投钩捕年鱼，但鱼儿不上男人的钩。神功皇后率兵征伐新罗国，海中的大鱼都浮起来帮着扶船。新罗国王吓得战战栗栗：吾闻东有神国，叫日本，也有圣王叫天皇，其国之神兵岂可举兵以拒乎。不战而降。高丽、百济二国王知不可胜，也来到营外叩头：从今以后，永称西蕃，不绝于贡。从古至今向西找宝是日本人的民族情结。现今也有一些地方的"祭"，例如京都衹园祭的"船锌"，拉彩车游街，是庆祝征伐三韩传说的残余。

芭蕉于八月二十一日抵达大垣，走完了"奥之细道"，此后在京都一带休憩两个多月。常住在膳所（大津市）义仲寺里的无名庵，过年时他吟了一首吃香鱼："霰せば網代の氷魚を煮て出さん"——

　　　　　截流簎冰鱼
　　　　　煮来待客无名庵
　　　　　惜乎未飘霰

吃鱼吃"刺身",唯香鱼以"盐烧"(外面蘸上盐烧烤)为好。大津在琵琶湖南边,湖里产香鱼,古时是给皇家上贡的珍品,但它们没见过海。

近江风情

近江，也写作淡海，指的是琵琶湖。这是过去的国名，也就是现在的滋贺县。琵琶湖是日本第一大湖，有一百一十九条河注入，却只有一条河流出，还有一条人工渠，"卖水"给京都等地。江户时代近江商人、伊势商人大概像中国的徽商、晋商一样有名，江户人羡慕嫉妒恨，叫他们近江小偷、伊势要饭的。

历史小说家司马辽太郎喜欢近江，觉得近江就像是中国所说的天府之国。他写道："近江，这个淡淡的国名低吟一下，对于我就像开始了一首诗一般，我喜爱此国。京都或奈良正在被现代墓地似的混凝土风景硬邦邦地固定的今天，近江一带还留着那种情趣，雨天是雨的故乡，下细雪的日子连河和湖都是细雪的故乡。北小松人家的房檐低低的，铁丹格子旧了，连厕所门也涂了铁丹，那红色好像须田国太郎的色调。它清晰地映在细雪上，觉得这样的渔村如果是故乡该多么令人怀念啊。我非常喜欢近江。下行列车过了关原盆地，近江原野展现开来，胸中飞舞肥皂泡似的高兴了。"司马的这种喜欢大概是来自芭蕉。

芭蕉爱近江，写过这样一首俳句：行く春を近江の人と惜しみける。试译：

又惜春光去

无边烟雨正朦胧

近江人同行

芭蕉四十七岁（一六九〇年）所作，有一句引言，曰：望湖水惜春。和门徒们在琵琶湖的景胜之地唐崎泛舟，置身于实景，道出真情。琵琶湖区划为湖南、湖东、湖北、湖西，湖南有"近江八景"。几乎不消说，这是比照中国湖南的潇湘八景拟定的，有比良暮雪、矢桥归帆、石山秋月、濑田夕照、三井晚钟、坚田落雁、粟津晴岚、唐崎夜雨。

芭蕉在近江有很多门人，从武士到僧侣、商人、医师、农民。他是俳圣，门徒之中有三十六俳仙，其中，江户四人，美浓和尾张各四人,而近江多达十二人。净土真宗在近江几乎村村有大屋顶的寺庙,靠几十来户信徒的供养来维持,这就是"近江门徒"。芭蕉漂泊一辈子,居无定所,但晚年四五年常住在近江各处,就是靠门徒们养活。他一生创作了九百八十首俳句,其中八十九首是在近江创作的,还撰写了俳文①《幻住庵记》。春去也,处处可惜,但是和近江人一起惜春,别有一番情义在心头。有人批评"近江"是泛泛而语,替换为"丹波"也一样。芭蕉说:过去的歌人们也喜爱近江国的春光,惋惜春归去,吟咏了那种感怀,不亚于都城之春,丹波岂可同日而语。所以"近江人"不仅指"近江蕉门"的弟子们,也蕴含了古来解风雅的近江传统。

　　司马辽太郎说:"近江春天好,但是从车窗眺望的湖东平野冬天才好。"看来我也该冬天里乘车走一遭。

---

① 与雅文、汉文相对而言的新文体,含有俳意,雅俗兼具。——作者注

五月雨

日本有很多表现雨的说法，似乎证明了日本人热爱自然，有季节感。多数是汉字词语，有从中国引进的，也有他们自造的，例如"黑雨"。歌川广重的浮世绘《名胜江户百景》中的《大桥安宅骤雨》，一条条刚直的斜线布满画面，那就是下着黑雨吧。我们把井伏鳟二的小说《黑色的雨》也译作"黑雨"，指的是原子弹爆炸后广岛一带下的雨。"梅雨"或者"霉雨"，日本又叫"五月雨"。

芭蕉写了多首五月雨的俳句，我特别喜欢这两首，一是"五月雨を集めて早し最上川"（试译：最上天下险，五月雨水集一川，轻舟过万山）；再是"五月雨に鳰の浮巣を見にゆかん"（试译：五月雨潇潇，湖上风波荡日夜，去看鹛鹛巢）。

最上川，还有富士川、球磨川，是日本三大急流。一五八〇年山形藩第一代藩主最上义光曾开凿险滩，发展船运。就整条河来说，水势平缓，而芭蕉的千古绝唱给后世留下了滩险湍急的形象。一六八九年五月，芭蕉走到大石田，等待天晴乘船去酒田。他在游记《奥之细道》中写道："最上川出自陆奥，上游在山形。有棋点、隼等险滩，惊心动魄。流过板敷山北，最终注入酒田那边的海。两岸连山相倾如盖，船仿佛从茂林之间驶下。船装稻谷，大概叫稻船。白丝瀑布在绿叶缝隙里飞落。仙人堂临岸而立。水涨舟险。"和当地人举行俳句会，他吟第一首起头，作为来客要寒暄一下，所以用"凉"字。加工定稿时改为"快"字，这是乘船顺流而下的感觉，真个是"轻舟已过万重山"。

上一首感受的是水量丰沛与船行快捷，而下一首的遐思着眼于小小的鸟巢。入十鸟，这是日本造汉字，意思是入水的鸟。琵琶湖多这种鸟，以致有"鸠海"的别名，琵琶湖所在滋贺县拿它当县鸟。也叫鹛䴘，这是中国的称呼。古书上说就是野鸭子，非常小，好潜入水中游动，其膏脂涂刀剑可以增光并防锈。很少离开水，不良于飞，走路跄跄的。用水草、枯叶之类做巢，产卵孵雏，浮荡在水上，叫"鸠の浮巢"，但底下是固定的，不会被漂走。淫雨霏霏，芭蕉想到鹛䴘的巢，可能还惦记巢上的雏鸟,他是在思念琵琶湖。

芭蕉是旅人,出游集中在四十一岁至四十六岁之间(一六八四年至一六八九年),其中有五次撰写了游记。自称"乞食翁",一辈子靠门徒养活。巡游各地也是讨生活,即"乞食行脚"。行旅使他摆脱从书本读来的所谓汉诗文调,汲取日本风土中浸透的诗歌传统,树立了别具一格的"蕉风"。

日本狭长,凡事由南往北或者由北往南迁移,但北海道没有梅雨。武士小说家藤泽周平有一部长篇小说叫"蝉时雨",还改编成电影和电视剧,"时雨"就是我们说的阵雨。过了阴历五月,进入六月,火辣辣的太阳当空照,就要听蝉噪如雨了。

 日没饮

书要读好书,酒要喝清酒

朋友乘日本飞机来,有一点兴奋。说他登机就打开前面椅背上的小电视,居然落了地也没有被"结束娱乐",看了一部新影片,还乱看了几部片头。啧啧,人家的飞机咋就能这么开。这位朋友是影迷,又是个酒徒,所以安顿了行囊,我们就坐在酒馆里了。

一面墙的架子摆满了酒瓶,估计上百种。朋友眺望一会儿,惊呼:那个不就是飞机尾巴上的标志吗?我按照他手指的"那个、那个"找过去,原来是一个丹顶鹤展翅的图案,金色,酒名却叫作"白鹤"。那家航空公司是知道的,图标的"鹤丸"红而圆,不像举翼,有点像趴窝。白鹤的酒徽椭圆形,具有朝太阳飞的动感。两家应该换一下,喝酒很需要机徽

白鹤清酒

的平衡感——双翅对称。借手机之便，立马查阅了"白鹤酒造"的网页：呵，一七四三年创业，够老的。日本多百年以上的老店，从行业来看，最多的就是酿酒、贮酒、贩酒的"酒藏"，有不少像白鹤酒厂一样起家于江户年间。而今其宗旨是超越时光，送上爱心。好，今晚就喝它。有道是，昔人已乘黄鹤去，此地痛饮白鹤酒。

朋友此行的名目是"日本酒之旅"。他所谓日本酒，是日本的酒，而日本人平常说"日本酒"，指的是"清酒"，这是酒税法的名称。事物冠以日本二字，日本酒、日本画云云，大概是觉醒了民族意识的表示。大瓶子骇人，装酒一点八公升，叫作"一升瓶"，看着就会有酒鬼的形象，在日本人眼里它搭配的是大叔们。清酒是发酵酒，酒精度顶多到二十来度（再高的话，酵母就死了），上市时兑水，大都降到十五六度。不兑水就是"原酒"，和中国的白酒相比也淡而无味。朋友把酒在口中嚓了嚓，过喉落胃。对于酒徒来说，清烈总相宜。烈酒如大浪扑来，方显出弄潮儿的身手，清酒则小径通幽，暗香浮动，须细细追寻那酒味。

书要读好书，酒要喝好酒。我们喝的是白鹤"特别纯米酒"，二〇一七年获得国际味觉机构的三星优秀味觉奖，还得了世界品质评选金奖——此奖由比利时民间团体主办，品评商品质量，日本企业很热心参加，百分之九十以上参评商品都能得个奖,主办者给出的解释是日本产品质量好。酒好无疑,至于好喝不好喝,那就是个人的事了。

清酒用米、米麴和水酿造,又分为两类,不添加酒精是"纯米酒""特别纯米酒""纯米吟酿酒""纯米大吟酿酒",添加酒精则是"本酿造酒""特别本酿造酒""吟酿酒""大吟酿酒"。这八种酒,酒税法称作"特定名称酒"。此外的酒统称"普通酒",也就是普通老百姓日常享用的酒。加酒精的比率有规定,普通酒不得超过白米重量的一半,而特定名称酒在百分之十以内。

只用米(米麴)和水酿酒乃古来日本酒的本源本色。明治维新以后日本复萌了丰臣秀吉的野心,接连打仗。一九三七年发动侵华战争,物质匮乏,米被国家严加管控。原料不足,酒厂维持产量的高招也只有奸商的老法子,往酒里加水,但本来淡如君子之交,再加水就能游金鱼了。日军进驻中国东北,天寒地冻,被加水稀释的清酒冻成冰,哪还能振作士气?于是乎添加酒精就成了国家的重大举措。战败后粮食更困难,除了酒精,还添加糖类、酸味料等增加酒味。纯米的日本酒几乎绝无了,全日本喝的是酒精饮料,延续到今天就是"普通酒"。

市面上出售的清酒八成以上都添加酒精,这类酒爽口,即所谓"淡丽"。清酒的酒味基本有甘辛、浓淡。"酸度"是含酸量,酸多则"浓醇",酸少则"淡丽"。"日本酒度"是含糖量，正数越大糖分越少，叫"辛口"，负数越大糖分越多，叫"甘口"。糖分同样，酸度高则辛，低则甘。所谓"辛口"就是有刺激舌头的感觉。经历战败后的破落与饥荒，人们喝惯甜丝丝的"甘口"。岐阜县旅游热点高山市有一家老田酒厂，招牌上写着"元祖鬼杀"。"鬼杀"，意思是这个酒"辛口"，其口之辛，足以杀死鬼。于是有一百多种清酒拿"鬼杀"当招幌，但酒精度高的威士忌兑水喝起来辛得直截了当，一时也难改日本人口福。

不添加酒精，耗米多一倍有余，增加了成本，价高也不好卖。一九六〇年代啤酒消费量超过清酒，一些厂家出于对策，转而酿造传统的纯米酒，当时叫"自然酒""无添加酒""只用米的酒"。一九八七年埼玉县的神龟酒厂率先只酿造纯米酒，现在有五十多家酒厂完全纯米化。"纯米"渐渐被神话，甚至有些人以为加酒精等于劣质。当今是健康高于一切的时代，追求原汁原味，人们一见"添加"就大为反感，一个纯字就能够号召天下。说不定哪天清酒都是纯米的了，这也是回归传统。

清酒以添加酒精与否分成两个系列，那么，每个系列中如何区别呢？基本区别在磨米。酿酒先磨米，就是把原料的糙米（日本叫"玄米"）磨掉周围一层皮，不，何止一层皮。为啥要磨呢？我们来端详一粒米，会发现它当中白色不透明，这部分是淀粉,就用它酿酒。外层所含有的蛋白质、脂肪等使酒有杂味,被视为杂质,所以要去除。米粒被碾磨的程度用百分比表示,你看一下酒标,上面有"精米步合"——磨米叫"精米",比率叫"步合"。"精米步合百分之六十",就是把整粒米磨掉百分之四十,剩下百分之六十酿酒,这酒就特别了,叫作"特别纯米酒",添加酒精就变成"特别本酿造"。只磨到百分之三十以上、不足百分之四十,而且加酒精,是为"本酿造"。至于"纯米酒",只求其米纯,对磨米不加规定。原料是米,麹也是米做的,也不加酒精,却未必是纯米酒。日本酒税法有一条规定:原料米须使用三等以上。如果用的是三等以外的米,那就不能算纯米酒,酒厂有义务在酒标上标明:本

深山菊大吟酿清酒

酒不是纯米酒。

同样磨掉百分之四十以上，倘若用"吟酿造"方法，长时间低温发酵，酿出来的就是"吟酿酒"。这个"吟"字足以体现酿造之精心，常令我想起北京同仁堂门口挂的两行字：炮制虽繁必不敢省人工，品味虽贵必不敢减物力。酿酒最足以体现所谓工匠精神。继续磨下去，米粒剩下不到百分之五十，"大米"磨成了"小米"，反而加上个"大"字，"纯米大吟酿"和"大吟酿酒"。如此费工，简直有暴殄天物之嫌，当然要卖大价钱。纯米有米香，添加酒精则爽口，但"吟酿"和"大吟酿"、"纯米吟酿"和"纯米大吟酿"在味道上到底有什么差别，恐怕一般人是品不出来的。

稻作从大陆东传，用稻米酿酒的技术也随之而来。创造一件事是中国文化，把这件事拿过来做细做精，就变成日本文化。没听说中国酿酒有这么费事，清酒在磨米上的追求似乎是无限的。国宝姬路城下的纯米大吟酿"寿龟神韵"把糙米磨掉百分之九十二点零八（七百二十毫升瓶装，售价一万六千二百日元），而日本海边上的楯野川酒厂更发挥愚公精神，磨米不止，二〇一七年出品的纯米大吟酿"光明"竟然磨得一粒米只剩下百分之一（七百二十毫升瓶装，售价十万零八千日元）。能磨出这种大大的大吟酿，也是拜磨米机不断改进之赐。实际上一九三〇年代造酒的磨米技术革新，研制出立式磨米机，但政府限制"精米步合"不得低于百分之六十五，使得百姓们到了一九八〇年代才喝上吟酿酒。先进磨米机由电子计算机控制。磨下来的米糠又如何处理呢？如果你在哪个景点吃过"煎饼"，一咬嘣嘣脆，说不定就是酒厂的下脚料烤制的。

低温下慢慢发酵，会产生水果所含有的成分，闻上去隐隐有香蕉或苹果什么的香味，叫作"吟酿香"。但米里面的脂肪分解，变成不饱和脂肪酸，妨碍吟酿香成分的产生，要尽量除去，因而磨米不厌其精。吟酿香成分溶解于酒精，添加酒精能把它引出来。酒厂用吟酿酒参加历史百余年的全国新酒鉴评会，九成是添加酒精的。二〇一七年有八百六十种清酒参评，其中二百四十二种获金奖，四百三十七种被评为优秀，所以好酒是喝不过来的。

严格地说，添加了酒精就不能算酿造酒（原汁酒）。江户时代为防腐也往清酒里添加烧酒，但那时烧酒用酿造清酒的糟粕蒸馏，仍然是纯米。战败前后的食用酒精用薯类、橡子、玉米、榨过糖的甘蔗渣蒸馏，当然不能再打出纯米的旗号。美国就区别对待，纯米酒、纯米吟酿酒、纯米大吟酿酒照准啤酒，而添加酒精的本酿造酒、吟酿酒、大吟酿酒归为蒸馏酒，酒税相差约七倍。美国大致把酒分作三类，啤酒、葡萄酒、蒸馏酒，酒税各异。日本人喊冤，最不济也应该取其中，把添加酒精的清酒算作葡萄酒，葡萄酒也添嘛。近年来清酒随着寿司之类的"和食"走向世界,但美国人喝的大多是纯米系列。

清酒的推广也有个天然的障碍,那就是含糖类。绍兴酒的糖分比清酒高,不知是不是用焦糖增色的缘故。九十多年前周作人写过:能饮者多索竹叶青,通称曰"本色","元红"系状元红之略,则着色者,唯外行人喜饮之。有人喝绍兴酒还要加糖或者加梅干,更是外行的外行了。白鹤酒厂新出了一种糖质为零的清酒,辛口,或可让那些怕糖的现代人一醉方休。

据说加热会跑了吟酿香,所以吟酿酒应该喝冷的。但也有人说,这个说法是用来对付啤酒的。虽然不去斩华雄,清酒本来也是温而后喝。费工夫加热,就不能像村上春树小说中的人物进门就从冰箱里拿出啤酒咕嘟咕嘟喝个通体清爽,所以吟酿酒上市,大造喝冷酒的舆论。至今好多酒瓶上还印着该酒如何喝,有如广告后遗症,婆婆妈妈,却也让人夸赞服务精神又多了一条。看见一本关于酒的书,封面上推荐:酒要喝纯米,热了喝更好。

即便在日益全球化、均质化的时代,也仍然是青菜萝卜各有所好,一种有特色的酒不会人人都接受。这酒怎么样?朋友喃喃道:要是吃麻辣烫,这酒就当白水喝了……红鹤、白鹤……都在飞……

人到冲绳喝泡盛

到什么山上唱什么歌，到什么地方喝什么酒。

一提到酒，好些人都知道日本有清酒。某友不善饮，清酒却是爱喝的，不知是因为哈日，把喝清酒吃生鱼片当作一个表现，还是因为它寡淡，可以像日本文化那样轻巧地赏玩。不错，日本说酒就是指清酒，有国酒的身价，但日本也是十里不同风、百里不同俗，各地有各地之所好。听说长崎人逢年过节也喝喝清酒，但平常日子里基本喝烧酒，日本名之曰"烧酎"——这个酎字让我们觉得雅，汉字的使用反倒常造成中国人对东邻的误解。九州是烧酎文化圈。鹿儿岛县更有烧酎王国之称，那里竟没有一家酒厂酿清酒，说酒就是指烧酎。继续南下，陪朋友游到了冲绳，酒就要喝"泡盛"。朋友一下子兴

烧酎

奋，连说泡盛好、泡盛好，属于泡汤、泡妞系列。恭敬不如从命，那咱们就先"泡"盛，再泡汤，至于泡妞嘛，就得看你的土豪手段了。

酒桌上谈酒是最装不过的了，有时也可能没话找话。酒基本有两类，发酵酒和蒸馏酒。发酵是大自然的恩惠，蒸馏则巧夺天工。稻米发酵而成清酒，麦芽发酵而成啤酒，葡萄发酵而成葡萄酒。把发酵酒加热，蒸气冷却而凝结，就变成蒸馏酒，乙醇度增高。蒸馏清酒得到米烧酎，蒸馏啤酒得到威士忌，蒸馏葡萄酒得到白兰地。清酒是发酵酒，泡盛和烧酎是蒸馏酒。这两种蒸馏酒又有何不同呢？首先，泡盛的原料是稻米，烧酎的原料有番薯、大麦、稻米、荞麦、蔗糖等，酿造"芋烧酎""麦烧酎""米烧酎"等。泡盛和米烧酎都是用稻米，却也有不同，烧酎用日本米，而泡盛多用泰国米。古时候泡盛的原料是粟，或者粟和米，本地产不足，从海外进口，大约自一九三〇年前后固定用泰国米，据说黏性小，出酒量较高。不过，也不是全县皆然，与那国岛就是用当地产的稻米。其次，糖化淀粉的麹菌也不同。清酒用黄麹，烧酎主要用白麹，而泡盛用的是黑麹。传闻黑麹菌起初从桑树干上生长的霉菌发现的。黑麹富含柠檬酸，能抑制杂菌，适于气温高的冲绳稳定发酵。泡盛的那股子味道也有些来自黑麹菌。

冲绳县只有一家酿清酒的酒厂。介绍泡盛的图书里附有一张冲绳泡盛酒厂分布图，计四十八家，遍布全县，甚至日本最西端的与那国岛上也有三家。听说那里产一种"花酒"，六十度，酒精度高出了税法规定的四十五度，所以不能叫泡盛。好想喝一回花酒，我们选门脸而入的这个酒馆却没有。冲绳县首府那霸市内有九家酒厂，白天游览首里城，附近就见到一家叫"瑞泉"，从门前经过，看着像一座花园。酒馆里有个小舞台，站着一男一女弹弦唱歌；女的穿传统服装，花纹繁缛，但远看像只有红黄二色。大概我们谈笑风生，旁若无人，被认定中国人，那男的唱起了《花》。店小二是双眼皮、长睫毛的冲绳妹妹，朋友就颠倒了"泡"的顺序，有道是当垆何必卓文君。听她说，那家瑞泉酒厂已经有一百三十年的历史，厂长还得过旭日小绶章哪。用手机查看网页，原来厂名和酒名缘于首里城瑞泉门下的涌泉——中山第一，源远流长，飞泉漱玉，灵脉流芳。当年日军把司令部设在城根的地壕里，美军舰炮轰击了三天，古都惨遭"鲁酒围邯郸"之灾，化为废墟。战败后兴建琉球大学，对遗址又是一番破坏。正殿是一九九二年才重建复原的，所以不属于冲绳被列入的世界遗产，蓝天下红得耀眼。唯有喷吐泉水的石雕龙头是原物，一五二三年从中国渡海而来的。听说酒厂也可以免费参观，不免有一点失之交臂的懊丧，那就尝尝流芳的"瑞泉"吧。

　　江户时代（一六〇三年至一八六八年）中期有一个儒学

家,叫新井白石,当过德川第六代将军的侍讲,致力于政治改革,但第八代将军当政时失势,回民间专事著述。一七一九年脱稿的《南岛志》用汉文记述琉球的世系、官职、风俗、物产等,代表了当时日本人认识琉球的最高水准,主张日琉同祖。此书也写到泡盛,说"唯其露酒,方始传自外国。色味清而冽,久之不坏,能易醉人。《使琉球录》曰,出自暹罗舟。非也,造法不与暹罗酒同。蒸米和麹,各有分剂,不须下水,封酿而成。以甑蒸取,其滴露如泡,盛之瓮中,密封七年而后用之。首里所酿,最称上品"。可见泡盛自古以陈酒为好。因为在容器里也继续老熟,所以贮存泡盛用那种不涂釉的缸坛瓮罐。当今泡盛陈放三年以上叫"古酒",也就是陈酿。最好的古酒竟然有"康熙年间"之称。有人猜测这个说法的起因大概是琉球人从康熙年间开始有藏酒的习惯。周作人是绍兴人,八九十年前写过当地人家每年做好醇酒若干坛,按次第埋园中,二十年后掘取,即每岁皆得饮二十年陈的老酒了。琉球的世家有"酒藏",甚至说金库的钥匙可以交人保管,酒藏的钥匙必须自己手握着。酒藏的荫翳之中摆放很多瓮,贮藏年代酒,喝了十年的酒,就续上九年的酒,再把八年的酒添进九年的瓮中,以此类推,酒越喝越古。

很多人对于清酒要喝新觉得有点怪,为什么不像类似的绍兴酒那样讲究几年陈呢?泡盛要喝陈,就合乎我们对酒的心

奉献给神社的酒

结。向店家要了"一升壶古酒"(日本酒类的一升等于一点八公升),说是瓮中熟成十年,获得过德国国际蒸馏酒大赛的烈酒金奖,其烈也不过四十三度,和"山崎"威士忌相同。清酒是十五度左右,烧酎二十五度。瓦罐喜人:下半截套在棕榈绳编织的圆筐里,用一块土布扎口打结。喝它大概能喝到泡盛的纯粹,喝的是传统文化。朋友口占了两句:那霸品古酒,京都寻盛唐。我叫好:酒对"糖",正好是冲绳的两样特产。

新井白石引用的《使琉球录》是一五三四年明朝出使琉球的册封使陈侃归国后撰写的,"凡道途、山川、风俗、人物之实,起居、日用、饮食之细,皆得诸耳目之所亲究,乃知旧存纪载,殆郢书、燕说之类"。他采录琉球话,酒叫"撒急",如今冲绳人也这么说,日常并不叫泡盛。也记录了造酒:"以水渍米,越宿令妇人口嚼、手搓,取汁为之,名曰'米奇'。非甘蔗所酿,亦非'美姬含米'所制。其南番酒,则出自暹罗,酽如中国之露酒也。"暹罗是泰国的旧称。冲绳的乡土研究家东恩纳宽惇一九三〇年代游历了泰国,发现那里的酒和泡盛一个味儿,写在《泡盛杂考》里,使新井白石所谓的泡盛来自泰国的说法几成定说,一些导游图书至今也这么介绍。一九九〇年代有些人进行了实地考察,推断泡盛的酿造技术传自十四世纪以来与琉球贸易的福建。琉球从一三七二年与中国正式建立了进贡册封的关系,福建的泉州、福州设有琉球馆。

新井白石所说的不加水密封发酵正是中国造酒法。

冲绳县知事接待室里有一架屏风上墨书汉字，有云："琉球国者，南海胜地，而钟三韩之秀，以大明为辅车，以日域为唇齿，在此二中间涌出之蓬莱岛也。"这是"万国津梁钟"的铭文。冲绳地界本来是琉球国。京都南禅寺僧芥隐到琉球传临济宗，尚泰久王皈依，一四五八年铸此钟，吊在首里城正殿。离琉球最近的日本领域是萨摩，今鹿儿岛县西半部。丰臣秀吉出兵朝鲜半岛，借道入明，让琉球供给粮草，尚宁王予以拒绝。德川家康当上征夷大将军，开设幕府，琉球也不去表敬。一六〇九年萨摩藩三千强兵直逼首里城，琉球兵虽然有四千，但几世和平，哪里抵挡得住。利齿咬唇，尚宁王降服。萨摩和琉球的贸易能上溯到十五世纪末，可能泡盛蒸馏法那时便传入萨摩。从十七世纪各地也"山寨"泡盛，用酿造清酒剩下的糟粕蒸馏，质量当然远不如用"醪"（浊酒，过滤之后是清酒）蒸馏的琉球泡盛。一六七一年琉球向德川幕府进贡的单子上出现"泡盛"字样，不跟着日本叫烧酎，应该是出于对酒质的自豪，或许也隐含了亡国之恨。那时候泡盛被当作良药。一七一二年成书的《和汉三才图会》说：琉球及萨摩的泡盛酒是当地的烧酎，气味甚辛烈，消痞，防湿，化积。泡盛的蒸馏很简单，一般用"常压蒸馏"，就像烧热水，这是古来的造酒法，原料的味道或好或坏都保留着。有的酒瓶标签上大写"常

刺身与加冰的酒

压蒸馏",那是一种坚持传统的骄傲。

琉球以至冲绳多难。太平洋战争末期,日本军政府舍冲绳保本土,美军把冲绳炸得变了形,酒厂全毁。有如周作人咏绍兴酒:越地善酿酒,声名四远驰,一旦遭兵火,此业遽凌夷,糯米无来路,巧妇难为炊。由于粮食难,美国占领军禁止民间造酒,但私造盛行,稻米无来路,就使用蔗糖、玉米等。后来美军提供原料米,官办了五家酒厂,然而,黑麹炸没了,造不出泡盛。有人在酒厂废墟中发现酿酒用的稻草席,上面残留黑麹菌,泡盛得以复兴。不过,冲绳一九七二年回归日本以前几乎美国化,右侧通行,用的是美元,喝的是威士忌。一九八〇年代有厂家对酒瓶加以美化,消除泡盛酒价廉难喝的形象。再加上冲绳不再是美国管辖之地,威士忌变成进口,价钱上涨,酒徒们只好转型,泡盛逐渐压过威士忌。但喝法还是威士忌式。

日本人喝泡盛或烧酎都要兑冷水或热水,或者加冰,以及兑其他乱七八糟的东西。在我们的印象里,兑水是奸商的行为。周作人说他家乡的喝酒老手要监视酒保,以防掺水。日本堂倌问"怎么个喝法",入乡随俗,那就加冰吧。可有的酒馆加满满一杯冰,好不容易在北极的冰山底下喝一口冰水。所以最好要一整瓶,自主地放入一两块冰,喝一丝凉意。

鱼生配清酒,琉球菜肴正好配泡盛。最家常的是苦瓜鸡蛋豆腐炒猪肉,还有"罗火腿"——类似日本本土的"豚角煮",但本土猪肉不带皮,也近乎中国东坡肉,却甜得过分,盛产蔗糖也不能这么吃啊。朋友突然红着双眼问,为啥叫泡盛?我卷着舌头怼:你说泡妞为啥叫泡妞。

烧酎清凉些

今晚喝"烧酎"。

日本拿来中国词语,被美军占领也不可能统统用外来语取代,一如既往地使用——中国词语在日语里不算外来语,因为日语就是由汉语和假名语言混成的。我们今天看见了,例如这酎字,楚辞说"酎清凉些",何其古也,焉能不觉得雅。酎,意思是两次以上反复酿造的酒,所以醇。但若把中国的"地瓜烧"翻译成日语,那就是烧酎,何雅之有?同样用汉字,看似便利,却往往造成我们对日本的误解。

烧酎,本来叫"烧酒",据江户时代中期一七一三年刊行的《和汉三才图会》解释,烧酎是江户时代叫起来的。酒精度数高,点火会燃烧,喝一口火烧火燎,所以也有地方叫"火

晚间小酌

酒"。喜欢看日本武打片,他们叫"时代剧",或许会看到这样的场面:某人被刀砍伤,就有人嘴里噙一口酒,噗地喷到伤口上。这酒就是烧酎。起初烧酎用米做,叫米烧酎,一八〇〇年以后用起了番薯以及苞米、小米、稗子等原料,叫芋烧酎什么的。一九七〇年代出现荞麦烧酎,乃至咖啡烧酎,当然有咖啡味儿。简单的做法就是把咖啡豆放进烧酎瓶子里泡个四五天,如果等不及,干脆用罐装咖啡兑烧酎,美酒加咖啡,说是跟烤串很搭配。

一九八〇年代掀起一波烧酎热,所用原料更五花八门,如芝麻、胡萝卜、山药、南瓜、蚕豆、香菇、菠菜、绿茶、藏红花,甚至有研究用锯末的。烧酎也有用黑砂糖制造的,这是奄美群岛的特产,不许其他地方山寨。有意思的是,造酒要用麹把米糖化，但黑砂糖本来就是糖，溶化了加上酵母就可以制成醪，却还要加米麹，岂非怪事？原来这是为避税。所有的酒都收税，从定义到制造方法都是由酒税法规定。如果直接用黑砂糖造酒，那就被当作朗姆酒似的烈酒处理，酒税高，于是乎多此一举，使用米麹，按烧酎的程式走一个过场。什么都可以造出酒来，自不免给人一种低劣的印象。各地有各地的擅长，熊本的米烧酎，鹿儿岛的芋烧酎，大分、长崎的麦烧酎，宫崎的荞麦烧酎。麦烧酎是长崎的壹岐之地发祥的，所以长崎人不爱喝芋烧酎。有一家叫花露的酒厂，二〇〇三年把紫苏叶混在醪中酿出紫苏烧酎，可惜那年专程去福冈县探望由学者陪团的历史评论旅游团，路过这家酒厂所在的久留米市，却寡闻无知，错过了品尝。

被我这么一说道，地理上来自西方的朋友登时有一点嗒然。哦，都怪我说到芋烧酎，不就是地瓜烧吗，大概像我当年一样，让他想起了从前，喝不上高粱酒的年代，只能喝地瓜酒或者苞米酒。不过，烧酎过去也确实属于劣质酒，给穷苦人喝的。

第一次喝烧酎，那就喝获奖作，毕竟是行家选出来的。

按朋友的意思，指定"iichiko"，因为它二〇一六年在英国的葡萄酒与烈酒大赛上获得了金奖。"iichiko"是大分方言，"好啊"，听音就像说"一起搞"。有玻璃瓶，有黑陶

食肆中的各种酒

瓶，一个三十度，一个二十五度，都是七百二十毫升，那就一起搞吧，二人对酌山花开。怎么个喝法？常温不爽口，还是加冰比较好，那就是《楚辞》说的"清馨冻饮"吧。碰杯，然后趁朋友啝摸酒味儿，说是像威士忌，同样用大麦做的嘛，我就用手机上网查看——如今不用把知识装在脑袋里，也免得像卖弄。这酒的海报有意思，二〇一七年的画面是一片荒野，布满乱石，那些石头好似形状被挤坏的汉堡包，摆放一瓶iichiko，虽然处于画面正中间，却小得不起眼，不得不仔细瞧。还写了一行"浅春南瓜醉梦谭"，恐怕好些日本人要误以为这是句中国话。颇为古雅的"浅春醉梦谭"当中夹了个"南瓜"（日本也叫作"南京"），是日本人的幽默，他们常用这法子来破解中国文化的压力。iichiko已经有四十年历史，而且走出了日本，世界"一起搞"。海报是河北秀也的设计，他说他不是做广告，而是搞综合性形象设计。

　　此酒是麦烧酎，大分县酒厂"三和酒类"的品牌。该厂烧酎销售量曾久占鳌头，近年被宫崎县的百年老厂"雾岛酒造"超过了。这家的品牌以芋烧酎为主，有使用黑麹的"黑雾岛"，还有以紫薯为原料的"红雾岛"，聚饮时常喝。"一刻者"也是酒馆里常备的芋烧酎，乃京都市酒厂"宝酒造"的品牌，该厂的清酒"松竹梅"几乎在喜庆的场合不可或缺。"一刻者"是南九州方言，意指顽固的人。制造芋烧酎，先用米麹、酵母和水发酵成粥状的醪，再加入蒸过的番薯蒸馏，所以芋烧酎并非单纯用番薯，也带有米麹的香味。如果标牌上有"全量芋烧酎"字样，那就是说麹子也是番薯的，百分之百的地瓜烧，喝一口满嘴地瓜味。

酒名"黑雾岛"取自雾岛山，它坐落在九州南部的宫崎县和鹿儿岛县之间，见证了芋烧酎的历史。有一年鹿儿岛县一座八幡神社拆卸修理，发现了一些字迹，原来是两个木匠留下的，大意说座主太吝啬，一次也没给烧酎喝，人神共愤。还落了款，是一五五九年，当年织田信长上京都谒见室町幕府将军。看来那时候烧酎已经为百姓所好，却未必轻易喝得到。木匠没喝到的烧酎应该是米烧酎，而不是芋烧酎。因为琉球王送给种子岛岛主一筐番薯是一六九八年，就是说萨摩（鹿儿岛）还要一百四五十年以后才开始种番薯。朝鲜史书《李朝实录》一四七七年记载了琉球的烧酎，而琉球官方于一四七八年正式向萨摩派遣贸易船，萨摩人最晚这时也该喝上了琉球的烧酎，也就是泡盛。后来日本吞并了琉球，就把泡盛接到了烧酎历史的头上。可能更早些，烧酎技术从朝鲜半岛传入九州北部的福冈、长崎一带，在熊本县球磨地方形成米烧酎的一大产地。一五四六年葡萄牙人驾船到萨摩，记录了当地饮用米做的酒，这是冲绳之外的所谓本土关于烧酎的最古老见闻。萨摩的土壤不适于稻作，广种番薯，对芋烧酎不征税，以免用米酿酒，因此芋烧酎在鹿儿岛做大做强。

烧酎在酒税法上分作两类，即"连续式蒸馏烧酎"和"单式蒸馏烧酎"；过去是叫作"甲类烧酎""乙类烧酎"，但物分甲乙，不免有高低好坏之嫌，所以改为用制造方法来称呼。这两种造酒法的不同之处是单式只蒸馏一次，而连续式，顾名思义，则多次蒸馏。从化学来说，一次蒸馏不彻底，会留下很多杂质，也因此留下了原料的味道，蒸馏大麦留有大麦味，蒸馏番薯留有番薯味。酒税法规定单式蒸馏烧酎的酒精度数为四十五度，市面上烧酎一般都兑水降到二十五度。多次蒸馏就蒸馏出无色无味的酒精，高达九十六度。只有一些大厂家生产这种用来当原料的高度酒精，一般酒厂都采用单式蒸馏法。这种蒸馏法又有"常压"与"减压"之分。常压蒸馏就好像铁壶烧开水，在通常的气压下把醪加热到九十度、一百度，再冷却蒸汽，凝结为酎。这是传统的造酒法，原料的各种成分都蒸发出来，在工匠的手里造成个性，烧酎就各具芳香，味道独特。减压蒸馏则如同在空气稀薄的高山上烧水，譬如登上富士山，水烧到八十七度就沸腾，由于减压，醪四五十度就开锅，沸点高的杂味还在热身，来不及跟着蒸发，地瓜烧也没有了怪味，醇和清淡。由于蒸馏技术的提高，常压蒸馏也能抑制地瓜烧的怪味。

清酒销售量逐年减少，半个世纪以来几乎减少了三分之二，而烧酎呈增加之势。日本政府的旅游部门积极推动"酒藏（造酒厂）游"，好像游览的主要是清酒，不无拯救之意。诚然，烧酎度数高，有损哈日小清新的形象，但做深度游，总该尝一尝，那就喝一杯"减压单式蒸馏"的烧酎，商标上印着。选烧酎不能只看度数或者原料，芋的，麦的，还是米做的。酒瓶的商标记载了很多信息，不像中国的酒瓶似乎只印了原料和度数，功夫都用在防伪上。

九州喝烧酎一般兑热水，八二比例，温突突。鹿儿岛烧制一种黑陶的酒壶，名称写作"千代香"或者"茶家"，扁扁的，像紫砂壶一般可爱，能直接放在火上热酒。不过，当地人嫌二十五度也太烈，热之前酒里加水。或许为了健康，六四、五五地兑水为好，可我至今仍难改兑水乃奸商所为的印象，不喜欢这种喝法。

二人皆醉也，醉眼蒙眬地打开手机看看朋友圈，大事小情，个个独醒着。

我醉欲眠卿且去……何曾斗酒诗百篇……叵耐垂钓碧溪上……梦里呼来天子船……

不爱吃拉麵①

我不爱吃拉麵。

有人恭维"日本人把拉麵升华到美食艺术的巅峰",我却不愿往上爬。听说村上春树从不吃拉麵,不由得窃喜,居然和畅销全世界的作家有一个共同点。他说他是相当偏食的人,完全不能吃中国菜,住在千驮谷的时候,附近有两家说是很好吃的拉麵馆,从那里经过,讨厌的拉麵味儿冲鼻子,大遭其罪。可他夫人说:不能吃拉麵,是人生的一大不幸哟。

生为日本人,即便是作家,一般也爱吃拉麵。据说,日本人爱吃的东西第一是寿司,第二生鱼片,第三非拉麵莫属。看

---

① 本文使用日语的"麵"字。——编注

那个爱吃劲儿，胜过我们的好吃不如饺子，经常有一种旁观的感动。电影《南极厨师》演几个日本人在南极，吃不上拉麵，有人就觉得自己这拉麵做的身体没法儿活。厨师终于做成了拉麵，刺溜刺溜吃得他们鼻涕眼泪比麵长，连极光的神奇也不观测了。

这里照搬了日语的"麵"字，以免混同于平面的面、表面的面、方面的面。例如，文化人类学家石毛直道著有《麵谈》，谈的是文化麵类学，若译作"面谈"，我们的读者看书名非误解不可。他推测，日语"ラーメン（拉麵）"的语源是中国的拉麵，也叫作抻麵、甩麵、龙须麵。中亚一带把麵叫lagman，这也是汉语拉麵的谐音。

不同的年代从中国引进不同的做法，派生各种日本麵。拉麵也是中国麵的变态，台湾名人李敖叫它"假中国麵"。荞麦麵传来年头久，早已属于"日本料理"，而时日尚浅的拉麵仍然常算作"中国料理"。虽然不爱吃，但侨居日本三十年，也主动被动地吃了不少。所谓三大拉麵都曾在当地吃过：北海道吃过札幌拉麵（因家庭杂志《生活手册》的宣扬而出名），福岛县的喜多方市吃过喜多方拉麵（用地名给拉麵命名，始于喜多方），福冈吃过博多拉麵（日本人常抱怨中国菜油腻，但猪骨汤的博多拉麵更油乎乎）。吃来吃去，无非盐味、酱味、酱油味，不如中国麵花样繁多，味道仿佛是无穷的。

有个叫丸谷才一的,头衔不老少,我给他这么排列:随笔家,文艺评论家,小说家,翻译家。他写过一篇随笔,题目是《日本拉麵史的重大问题》,质疑小菅桂子所言,水户黄门是日本第一个吃拉麵的人。小菅研究吃,名为"食文化史",著有《日本拉麵物语》《水户黄门的食桌》等。水户黄门是德川家康的孙子,水户藩第二代藩主,朝廷封的官位是"中纳言"。仿照唐朝门下省的官职黄门侍郎,中纳言也叫黄门。八岁元服,废幼名,第三代将军德川家光赐给他一个"光"字,取名"光国"。五十多岁时把"国"改为"圀",这个框起了八方的字是武则天女皇造字之一。避讳直呼其名,德川光圀被称作水户黄门。死后变成传说,带着武艺高强的跟班游走八方,惩恶安良。演了半个来世纪的电视剧里水户黄门的模样是一个白胡子老者,拄一根长竿。据说晚上演到八点四十五分左右就出现这样一幕:跟班亮出"印笼"(三五层笼屉似的扁圆筒,据说来自明朝,起初用来装印章,后来携带常备药,挂在腰间,江户时代成为男人的挂件),上面不知是画着还是刻着三片葵叶,这是德川家的标志,各色人等一见便惊惧不已,俯伏在地。若谁编推理故事,调查案发时间,就可以这样写:"怎么知道快晚上九点了?""电视拿出了印笼。"丸谷才一却讨厌这个历史人物,道貌岸然,好似一本道德教科书安上了手脚。他也讨厌电视,博览群书之余电视只是看一个棒球队的比赛。至于拉麵，丸谷说自己算不上爱好者，有时候不知刮什么风也吃它一碗而已。小菅桂子猜想，光圀破天荒吃到拉麵，是朱舜水给他做的。丸谷则认为，这说法颇有趣，但论证不足。光圀吃的是乌冬麵——他年轻时不务正业，在江户的浅草（如今是东京的景点）看人做乌冬麵，觉得很有趣，后来学着做给家臣吃。

　　小菅桂子的说法也是有根据的。德川光圀本是个纨绔子弟，十八岁时读司马迁《史记》，读到《伯夷传》大为感动，幡然悔悟，立志编纂日本的史书。那时候日本醉心于中国文化，儒学家荻生徂徕用中国发音读汉文，第五代将军德川纲吉亲自讲汉籍，郑成功的事迹被搬上净琉璃舞台。朱舜水反清复明不成，亡命长崎，一六六五年被光圀请到江户。德川家康的三个儿子分封三地，叫"御三家"，如果将军无后，就由尾州和纪州两家出人继承，而水户家代代为副将军，长居江户。盛情款待朱舜水，光圀露一手，给他做乌冬麵。朱舜水感动之余，投桃报李，也给光圀做家乡麵，并传授做法。朱舜水在日十七年，一六八二年卒，光圀一六九〇年退隐（卒于一七〇〇年），回水户藩构居，借伯夷兄弟西山采薇而食的典故，名为西山庄（现为史迹名胜，可购票参观）。又建久昌寺，请来日莲宗僧侣日乘住持。日乘所记《日乘上人日记》详细记录了光圀的晚年生活和世道，据之，一六九七年六月十六日，光圀亲自给家臣做朱舜水教给他的明朝麵,吃时用五辛调味,即川椒、青蒜丝、黄芽韭、白芥子、芫荽,发五脏之气。朱舜水所做固然不是乌冬麵,但算不算拉麵,无从知晓。

事情也被丸谷才一说中了一半,德川光圀的确不是第一个吃螃蟹的人。小菅和丸谷相继去世后的二〇一七年,有人发现史料《阴凉轩日录》里记载的"经带麵"更像是拉麵。

日本关于拉麵、乌冬麵,尤其是荞麦麵的文化史研究比较多,似乎多数是店家出于兴趣,业余从事,少有专职研究者染指。有一个厂家专门为麵馆供应麵类商品,创办者稻泽敏行也致力于研究,翻阅《阴凉轩日录》,发现"经带麵",为之一惊:这种用碱水和麵的做法不就是今天的拉麵吗?《南极厨师》影片大力演出了极地做拉麵之难,难就难在没有碱。村上春树所讨厌的拉麵味儿就是那股子碱味,也是我不喜欢的,犹如讨厌日本老房子榻榻米霉味儿。

京都相国寺下属的鹿苑院内有"阴凉轩",两位轩主用汉文记日志,即《阴凉轩日录》,是室町时代(一三九二年至一五七三年)的重要史料,但从来没有人关心经带麵问题。这部分内容是阴凉轩主龟泉记证记下的:一四八五年五月,"予捡居家必用",其中"麵食品有水滑麵、索麵、经带麵、托掌麵、红丝麵、翠缕麵等"。大概经历了几番试做,一四八八年二月就有了做经带麵待客的记录。

拉麵店与拉麵

"居家必用"是中国元代印行的《居家必要事类全集》，共十卷，不知何人编撰，堪称居家过日子的百科全书，从中可知中国宋元时代的生活丰富多彩。"湿麺食品"之类列举水滑麺、索麺、经带麺、托掌麺、红丝麺、翠缕麺的具体做法。经带麺：头白麺二斤，碱一两，盐二两，研细。新汲水破开和搜，比捍面剂微软。以拗棒拗百余下，停一时许，再拗百余下，捍至极薄。切如经带样，滚汤下。候熟，入凉水拔。汁任意。所谓"经带"，从一六七二年京都松柏堂刻本来看，更像是"绖带"——用麻做的带子，古时服丧扎在头上或缠在腰间。

拉麺馆的麺一般是工厂生产的，一团团蜷缩着，像旧毛衣拆下来的线团，这是用碱的效果。乌冬麺或挂麺（日本叫"索麺"或"素麺"）加盐不加碱，所以直溜溜。猪骨汤拉麺加碱少，不大蜷缩，也不那么黄了吧唧。当过相扑协会横纲审议委员的女作家内馆牧子说，弟弟驻在中国十余年回国，她要请吃高档的"怀石料理"，弟弟却想吃小馆子的拉麺。"弟弟用筷子挑起麺，激动地说：'这种蜷缩状态是艺术品，好吃得直想流泪。'真是省钱的夫妻，当姐姐的轻松了。"我从小知道碱大了馒头不好吃，后来还听说碱破坏营养，愈加不喜欢碱味，殃及拉麺，而且不喜欢拉麺略有点干硬的口感，煮不熟似的。拉麺强调用碱的技术，实际上中国人做麺已不大用碱，使拉麺更独有日本味。

都当作拉麵，各有各的来路，阴凉轩比德川光圀早二百年。日本很多吃食都是和尚从中国拿回来，而后又传入民间，逐渐演变成日本文化。可能经带麵未走出寺庙，而光圀用五辛佐料，只怕深受佛教影响的民间也不易接受，何况纲吉将军严禁杀生，除非他大爷光圀，谁个敢熬肉汤下麵。日本人普遍吃拉麵是明治年间（一八六八年至一九一二年）以后了。

彼理率美国炮舰敲开了日本大门，一八五九年横滨开港，当时那里只是个不足五百人的小渔村。接踵而来的不单是欧美人，还有中国人，他们给欧美人做翻译，当买办，带来三把刀（剃刀、菜刀、剪刀）等技术。十三年后形成南京街（中华街），人口上千，出现了中国餐馆。甲午战争（一八九四年至一八九五年）之前南京街上已林立二十家中国餐馆。还有摊床流动，卖"南京荞麦"。这个"荞麦"是麵的代名词，一般用假名，不写作汉字。江户川乱步没写侦探小说之前开过旧书店，也曾像骆驼祥子租洋车一样租来摊床（包括麵、汤、器具），深夜卖拉麵。不当医生当作家的北杜夫回忆上学时：平日不用功，考试临阵磨枪，过了半夜传来亲切的唢呐声，就出去吃一碗拉麵。一九六五年前后卖拉麵的唢呐声消失了。

日俄战争（一九〇四年至一九〇五年）后中国餐馆兴盛，尾崎贯一辞去横滨海关的差事，雇用中国人厨师，一九一〇年在东京的浅草开了一家"来来轩"。当时浅草是时髦的繁华去处,经常能看见擅长写市井风俗的作家永井荷风在那里寻花问柳,也经常吃一碗,但这种"价廉、物美、能吃饱肚子"的拉麵基本是城市贫民的吃食。来来轩盛极一时,甚至雇用十三个厨师,都是广东人。那时日本人里还没有料理中国菜的匠人。一九四五年以前中国菜馆基本是华侨开店,或者日人雇佣华人当厨。老中华馆子多是粤菜,通常以为是粤菜比较对日本人口味,其实,原因更在于广东人得风气之先,大批来横滨,他们做粤菜,做成了"中华料理"的正宗。倘若率先渡海而来的是四川人,恐怕麻辣的川菜难以像清淡的粤菜这样普及。从四川传来的是"麻雀"(麻将)。日本倒向西方以后从中国拿来两大文化:拉麵和麻将。现而今拉麵衣锦还乡,被叫作日式拉麵,不知日式麻将是否也传回故国。

北海道的函馆也开港,有广东人来这里开西餐馆,后来跟风卖"南京荞麦"。札幌开了一家"竹家",请来从俄国逃亡到北海道的山东人王文彩掌厨。他也做麵,用稻草灰的灰水和麵,用鸡肉猪肉熬清汤,加盐,做好喊一声"好啦",老板娘听其音,用假名写作"ラーメン"(拉麵)。王大厨走后,山东人李广业接手,他听从北海道大学教授的建议,努力迎合日本人口味。有美食家说,这是中国菜的堕落。二十世纪八十年代以来中国人再度蜂拥而来,又开了很多餐馆,基本上保持中国味。原因可能一方面是顾客主要是在日本讨生活的中国人,另一方面则是日本人日益国际化，也要吃地道中国菜。

两颗核弹两声响，给日本送来了美国民主。战争时粮食配给，战败后粮食更困难，饭馆吃饭要"米饭外食券"；如今常用的"外食"一词就是从这儿来的。二十五万人在皇居前集会示威，盟军总司令麦克阿瑟说NO，"不容许有组织的领导下进行的大众性暴力和物理性威胁手段"。美国不打仗了，小麦生产过剩，价格暴跌，农家叫苦，于是大量地援助日本。清华教授朱自清"宁可饿死"也不领美国面粉，但日本人不在乎"骨气"，昨天还叫嚣跟美国拼个玉碎，但听了天皇的投降玉音齐刷刷瓦全。向来自诩以米为主食，这么多小麦可如何消受？美国政府出钱做广告，鼓励吃小麦食品，并且无偿地供给学校。一九五六年取消外食券制度，直到一九七六年学校供餐才开始给学生吃米饭。除了面包，为"美国小麦战略"帮了大忙的就是这拉麵，恐怕朱自清在《抗议美国扶日政策并拒绝领取美援面粉宣言》上签字时万万没想到。

一九四八年冬天，安藤百福在大阪看见衣衫褴褛的人们在摊床前排出二三十米，就为吃一碗拉麵。他百感交集，又灵机一动，要开发一种用工业生产的拉麵。十年磨一剑，一九五八年"即席麵"上市，牌子用假名，叫"チキンラーメン"（鸡拉麵）。一时间风靡日本，从此普遍叫开了"ラーメン"（拉麵）。异国风情的"中华荞麦"完全变身为日本食品。有意思的是这位安藤百福本来是中国台湾人。

当作家的,往往吃了还要写出来,这是一种良性循环。他们有个性,未必像哈日族那样一味说好话。喜欢旅行的作家椎名诚偶然在车站后面的胡同里钻进一家像是"麵好不怕巷子深"的小麵馆,只见一张桌子坐满六个看上去互不相干的食客,面前都摆着日式搭配:一大碗拉麵,半小碗白饭,几个煎饺子。庄严的晚餐,不会是最后的,没有人喝啤酒。老店家默不作声,一脸的匠人气质,大拇指伸进碗里端上来。吃了一口,麵煮得半生不熟,汤没滋没味,太难吃。见过毛泽东的作家开高健这样说:"有如此便宜的吃食,有如此之多的麵馆,如此被全国贪吃,使我想说如此不好的事不就是我国的民度[①]大大下降了吗?味道评论家对店铺的名声立马佩服,虽然自己也并不认为那么好吃,却写出赞赏或介绍的文字,其民度也让人觉得差劲儿。"

新横滨站北口有"拉麵博物馆",京都站十楼有"拉麵小路"(原文就写作汉字),东京的台场有"拉麵国技馆",东京站也有"拉麵街",各处汇聚七八家麵馆,一家专攻一种拉麵,这也是出于精益求精的工匠精神吧。但是看图片,哪家的大碗里都放着"叉烧",以肉养眼。听说一般麵馆用猪肉熬

---

① 民度,日语词汇,指人民生活水平、文化水平。——编注

汤,然后把猪肉切片,就叫作"叉烧",这也是广东厨师留下的印记,听说现在广东叉烧还要经火烤。再放上几片腌干笋,叫法来自中国话"麵码"。太宰治的故乡有"太宰拉麵",说是重现太宰治所爱,碗里布满了碎葱,横亘着几根鲜嫩的小竹笋。我也曾随人逛景,去过这几处拉麵摊点,看上去好像外国游客多过日本人。有的装修成昭和风情,也就是经济大发展以前的街景,令人怀疑这是用怀旧来掩饰拉麵的档次,毕竟是"B级美食"。

　　日本人自古吃"和食",过去活的年头并不长,织田信长也唱人生五十年,但战败后变成长寿国,莫不是吃拉麵吃的。拉麵不宜酒,不过,喝完酒,有几分醉意,尤其在冷风中奔家,正好车站前停了一架拉麵摊,挂着红灯笼,吃一碗下肚压酒,大大地舒坦。村松梢风在民国初年把上海写成"魔都",村松友视是他孙子,也是位作家,写道:喝了一家又一家,不会有人说"该回家了吧",而是说"吃碗拉麵吧",以此来确认今晚到此为止的意志。翌日醒来只觉得乏力,好像日本酒在身体里继续发酵,这时吃一碗拉麵最开胃,尤其是酸辣的。

福神渍

最初知道绍兴，是因为那里是鲁迅的故乡。来日本以后经常说绍兴，却不是因为他，说的是绍兴酿的酒，日本人爱喝。无花雕加饭之分，一律叫绍兴酒。好像鲁迅是叫它绍酒，用油豆腐下酒，而孔乙己温两碗酒，要一碟茴香豆。我破天荒喝绍兴酒就是在日本，还对日本朋友说，这酒在咱们老家是当药引子的。

绍兴酒的度数与清酒一样。

不知是生活环境所迫，还是日本夫人之故，周作人很记挂日本的吃食。香港有一位叫鲍耀明的，周作人屡屡托他搞来些日本食品。于是鲍耀明给日本作家谷崎润一郎写信，说周作人老了，突然思念日本友人，日本味也久违，尤其怀念盐烤饼、福神渍，但香港买不到盐烤饼，故而请谷崎从东京惠寄。正好一九六〇年七月日中文化交流协会中岛健藏会长访问北京，谷崎作为该协会顾问托他捎上给田汉的信和近照、给钱稻孙的书、给周作人的盐烤饼。钱稻孙寄信感谢，周作人则是由鲍耀明转致谢意。鲍给谷崎的信中附有周作人手书复印件，钤"知堂问计"。

福神渍是一种腌菜，夏目漱石也深爱。鲁迅赴日留学两年前的一九〇〇年，漱石奉政府之命坐船去英国留学，带上了梅脯、福神渍。周作人介绍日本，说日本饭菜清淡、枯槁，没有油水，令人大惊大恨，但他却不以为苦，因为他家乡吃的东西跟日本差不多。把日本的东西比作故乡的什么、中国某处的什么，例如味噌汁与干菜汤，盐鲑与勒鲞，福神渍与酱咯哒，吃起来别有风趣，也就直把他乡作故乡。周作人晚年舌尖上记忆的是日本，还是相似的故乡呢？

福神渍与酱咯哒不一样。

日本传统用来佐酒或者下饭的，基本有两样，要么生吃，要么发酵，不爱用我们山顶洞人发明的火。发酵的食物不仅别有滋味，也易于保存，腌菜是其一，日本叫"渍物"。如今用化学手段，生产腌菜也无须发酵。各地风土产生各地的腌菜，如秋田县的烟熏渍、长野县的野泽渍、京都的千枚渍、和歌山县的纪州梅脯。成田国际机场所在的成田市特产"铁炮渍"——挖去长条瓜里的籽，插入一根卷上紫苏叶的尖辣椒，便像是有炮筒有炮弹，腌制得生脆可口。腌菜上席面，尽管盘子里摆得精致多彩，起初也不免惊诧友邦。腌菜配清酒却真是恰到好处，酒味与咸味都那么淡然。我在小酒馆独酌，总是要一壶清酒，再要一盘当令的生鱼片和一碟浅渍的腌菜，这种吃法每每让侍者惊诧。

福神渍是明治年间东京酱菜店"酒悦"第十五代店主创制的。德川将军到十五代为止，而此店迄今犹在，将近三百五十年。使它名闻天下的，不是愉悦喝酒人，而是甲午战争中士兵们携带它打仗。福神渍用七种材料，酱油腌制，不发酵。据《广辞苑》解释，七种材料为萝卜、茄子、刀豆、白瓜、莲藕、生姜、紫苏籽。若译作八宝酱菜，分明多出了一种，不符合时代的要求——精准，似是而非。之所以叫福神，是借用七福神的传说，说是有七位神仙，六男一女，也像我们的八仙那样挤在一条船上，叫宝船，能给人带来福。简便的咖喱饭馆里桌上摆有福神渍，咖喱饭与福神渍土洋结合，倒也是绝配。福神渍本应该是酱油色，战败后染成红色，而咖喱饭馆用的染成橘色，说是与白饭相映成趣。

日本酒馆里没有茴香豆。据说蚕豆大约八世纪传到日本，因为它的荚指向天空，所以也叫作"空豆"。有的店家整条地带皮烤，上桌来自己扒开吃豆，下酒也别有风味。近来我几乎不喝绍兴酒了,也不大喝清酒,因为含糖量高,可能有损健康。好像绍兴酒以褐色为好,用焦糖来加深颜色。不知道焦了的糖还是不是糖,但作为糖尿病患者,闻糖丧胆。改为喝烧酎,番薯蒸馏的,就是地瓜酒,糖类为零。想起了从前,喝不到高粱酒的日子才喝它。

荞面馆的酒

夏目漱石爱吃荞麦面。公派到英国留学，觉得自己"在英国绅士之间好似一只与狼为伍的狗"。给妻子写信，说他"回日本的第一乐事是吃荞麦面，吃日本米，穿日本衣服，躺在有阳光的檐廊上看园子"。

一八六八年日本的年号改为明治，到二〇一八年整整一百五十年，江户改称东京也这么多年头了。荞麦面是江户的吃食，作为一地的传统，东京人也爱吃，就好像北京人爱吃炸酱面。反过来说，爱吃荞麦面，才显得自己是东京人。夏目漱石的小说《少爷》里主人公东京生东京长，极爱荞麦面，"经过荞面馆前面，闻到佐料的香味，就无论如何也想钻进帘子里去"。到四国的中学当数学教师，那里属于乌冬面文化圈，偶然发现一家荞面馆，进去吃掉了四碗配天妇罗的荞麦面，第二天上课，黑板上被人大写"天妇罗老师"。

吃拉面，顶多天热时喝一杯啤酒，荞面馆供酒，基本是清酒。常在小说里写江户吃食的池波正太郎说：不喝就别进荞面馆。又说：没有"荞面前"就没有荞面馆。意思是等着荞面煮好端上来之前，先喝两壶酒。这就是江户人的"粹"，相当于北京人说的"范儿"。

村上春树说他也喜欢在荞面馆里喝清酒。面馆当然以吃面为主，下酒菜要比居酒屋之类的酒馆简单了许多，基本是用来做荞面的材料，如烤紫菜、鱼糕、煎鸡蛋、山药泥、芥末贝柱、烤鸡肉。天妇罗、鸭肉等荞麦面的菜码也可以单点来佐酒。

据学者研究，荞麦原产于长江、湄公河、萨尔温江的三江地带，经朝鲜半岛，也有说经由西伯利亚，传入日本五世纪开始种植，用于救荒。一九〇〇年前后种植面积最大，此后逐年减少。现在产地前三位是北海道、茨城县、长野县，但消费量百分之八十靠进口。荞麦面的历史没有乌冬面那么悠久。江户时代过了大半，它才像手握寿司那样成为江户的代表性吃食。战败后饮食西化，荞面馆更趋衰落。以小说《楢山节考》出名的深泽七郎说，一九六〇年代信州（长野县）也盛行吃拉面，荞面馆很少，但那里毕竟能吃到真正的荞麦面，而东京的"生荞麦"（纯荞麦粉）是小麦粉染色。一九七〇年代以来中老年人成为消费荞麦的主力军，吃的是健康。村上春树说，在荞面馆喝酒没有什么特别的讲究，但是得上了一定的岁数，看来上岁数也并非净是些坏事。

有一段落语（单口相声），本来说的是乌冬面，被改成荞麦面。说一位老兄在路上遇见卖荞麦面的挑子，一碗十六文钱，算账时他一枚一枚地排出铜钱："一、二、三、四、五、六、七，现在几点了？"回答八点，他接着数："九、十……"有人看见了，第二天也来学样："一、二、三、四、五、六、七、八，现在几点了？""四点。""五、六、七、八……"

表演这段落语时必定模仿吸面条的声音，刺溜刺溜的。荞麦面的正确吃法是从中间挑起，面条头上蘸一点调料，猛往嘴里吸，嚼两三下就吞下去。夏目漱石的小说《我是猫》里戴金边眼镜的美学家迷亭说"没有比不懂荞麦面味道的人更可怜的了"，讲解荞麦面的吃法，令人捧腹。

茶泡饭的滋味

旅游已经常态化，无论谁出一趟国都感慨系之。对于外国的事物，我们的观察和议论是比较学的，甚至从一碗拉面就看出日本的国民性。

日本人爱吃拉面，出国久了，那拉面满是乡愁，以及爱国情。早年间却是"茶渍"，被译作茶泡饭，也就是《红楼梦》里的茶淘饭。我乃东北人，印象里茶淘饭是南方的吃法，用来吃剩饭。当年周作人做了中日比较，说："中国人未尝不这样吃，唯其缘故起因，非由缺少即为节约，殆少有存心往清茶淡饭中寻其固有之味者，此所认为可惜也。"但何谓"固有之味"？茶味和饭味吗？那就有茶喝茶，有饭吃饭呗。据《广辞苑》解释，茶渍有粗茶便饭的意思，恐怕起因也无非缺少或者节约。日本某饮食研究家说，商人文化重节俭，所以大阪这边比东京那边更爱吃茶泡饭，洗碗都省工。一旦做起了比较，作文者别有心思，尤其是那些借以浇自家之块垒，或者借助钟馗打鬼的，不好太深究。

三岛由纪夫说过：不要搞什么比较，比较茶泡饭和牛排的味道没有意义，不能说哪个高哪个低。有人说日本的法国菜比法国本家的还好吃，这纯属胡说。只可以说法国有法国菜，日本也有日本式法国菜。

小津安二郎的电影多是演出城市中产阶级人家的富裕生活，一九五二年拍了《茶泡饭的滋味》。背景是世间流行起大众赌博的扒金库和赛艇的时候，乡下生长的丈夫和出身于城里豪门的妻子一起过日子，却是丈夫睡榻榻米，妻子睡西洋床。看着丈夫把酱汤浇到米饭上吃，妻子骂保姆喂狗，丈夫则任由妻子和阔太太们逍遥。某日丈夫突然要出差，在外地游玩的妻子接到电报也不予理睬。可丈夫不在，妻子不禁生出了无所依傍之感。起飞延误，丈夫回家来。妻子道歉。二人不叫起保姆，自己下厨做茶泡饭。妻子回归了日本生活方式，丈夫说："夫妻就是这茶泡饭的滋味哟。"其实，这是小津出征中国近两年，一九三九年回国后筹拍的第一部影片，起初叫《男友去南京》，但当局审查，认为战争期间"男友"是敏感词，改名为《茶泡饭的滋味》。当时口号是

"奢侈为敌"，阔太太生活不合时宜，终于没拍成。传说小津无奈地说：祝贺出征应该吃红豆饭，茶泡饭算咋回事。战败后拍摄，不再是出差南京，变成去地球另一面的乌拉圭。前一年的作品《麦秋》里原节子扮演的纪子突然获得了满意的婚姻，回家沏茶泡剩饭，连吃了两碗。

昭和天皇爱吃鳗鱼茶泡饭，鳗鱼从京都送来，天然的。当然用的是小碗，盛上饭，盖上细切的烤鳗鱼，浇上热茶。天皇吃了一碗，问还有没有。这是当了二十六年御厨的谷部金次郎在《昭和天皇和鳗鱼茶泡饭》里写的。天皇也爱吃茶泡饭，大概老百姓别有亲切感。

喝完酒，吃一碗茶泡鲷鱼饭再惬意不过了。饭要用小铁锅现焖，连锅端上桌，还有一壶茶。搅拌饭上的鲷鱼，锅底呈现如今已罕见的锅巴，盛到瓷碗里，浇上热茶水。当然咸菜不可少，据说京都、大阪那边常吃茶泡饭，也因为产茶，又腌制各样咸菜。

京都菜

侨居日本多年了,一直生活在关东地方,也常去京都,都是去旅游。关于京都,只有些观感的、书本的、影视的以及道听途说的知识,说说也快意。

东京从江户年间把家常菜叫"惣菜",听说京都是叫作"番菜";这个"番"是日常的、简陋的意思,所以"番茶"乃粗茶,莫当作番夷之茶买了送礼。"番菜"的叫法虽古已有之,却是一九六四年当地报纸用这个词为题开设家常菜专栏,读者学得不亦乐乎,这才叫开了。家里做饭吃,叫"内食",去外面下馆子叫"外食",买成品或半成品回家吃,叫"中食"。超市或小店有卖现成的"番菜"或"惣菜",应该很好吃,却不是"妈妈的味道",易惹起乡愁。

至于训练有素的厨师做的菜,那叫"京料理"。菜馆的制作当然比家里讲究,复杂而精致,甚至有中看不中吃之感。若下榻和式温泉旅馆,泡汤后晚餐,每客面前摆一纸菜单,名为"献立",开列了这顿晚餐的种类与顺序,还写着大厨姓名。围桌而坐,各吃各的份儿,很觉得平等。丰盛的菜肴是佐酒的,叫作"肴",最后盛一碗米饭,配一碗汤,还有一小碟"香物",咸菜也,才算是"食事"(吃饭)。"京料理"的叫法也是很现代,据说一九五二年由京都祇园的"千茂登"率先叫起来,这是家老店,已经有三百年历史,泉镜花的小说《祇园物语》写到它。

把京都略称为京,似含有千年古都的骄傲,况且东京虽为京,却没有"东京料理",一说到传统就要说它的前身江户,传统料理是"江户料理",或者叫"江户前料理"。"江户前"就是江户城(今皇居)前边,一片汪洋,如今指东京湾。日本菜有两套系统,一套是生食,靠着海谁都会吃,只需用刀切,称作"割"。中国在唐代还是吃鱼生的,但是看诗人们作诗的那个兴奋劲儿,大概已不是餐桌上常见的美味。陈寿《三国志》记载:倭地温暖,冬夏食生菜。他们自古生吃鱼,但切细、蘸醋的吃法可能是遣唐使学会的,先由平安王朝贵族们照着吃起来。奈何京都离海远,吃鱼不容易,而江户前边鱼虾多,到了江户时代后期,我们的乾隆

刺身料理

皇帝还活着,日本普及了酱油,老百姓也吃起"刺身",由细切变为"大块"朵颐,渐形成江户菜特色。因索解日本人是什么而奠定日本民俗学的柳田国男说:"江户若非积三百年修业,具备后来当帝都的势力,恐怕这素朴之极的烹调法怎么也不至于支配食桌,广及全国。"

　　以前京都的食材基本是蔬菜、淡水鱼、干菜及腌菜,另有一套吃法,称作"烹",就是用火煮。大陆人在山顶洞里琢磨会取火之后逐渐用火来解决一切,最终摒弃了茹毛饮血的生食。日本人向来迷信水,认为四岛的水格外干净,能解决一切,虽然吃生鱼片还是要用姜芥之类乃至摆个小小的黄菊

和食

花,起码从心理上解毒。日本人喜好"抗菌",正是出于对细菌格外恐惧吧。火烹的技术来自大陆,一是日本和尚上西天取经,带回了吃食及做法,例如创立日本曹洞宗的道元;再是中国和尚下东洋传教,也带来饮食习惯与技术,例如开创黄檗宗的隐元。禅寺吃的是素菜,叫"精进料理"。素菜烹调法传入民间,与京都的风土环境再相宜不过了,京都菜始于烹,终于烹。集多种才艺于一身的北大路鲁山人说京都菜独具艺术性,是这么来的:"京都长久有天皇的皇宫,四周被山围着,缺乏可以当美味材料的海产资源,在这种状况下,京都的厨师也得让贵族、名门享受口福。"京都菜对蔬菜尤为重视，极力保持其原汁原味，而不是加工成综合性滋味。江户年间在京都锦小路卖菜的画家伊藤若冲画有《果蔬涅槃图》，一根分叉的萝卜涅槃，果蔬们围成一圈，悲并滑稽着，数一数总计八十八种。据说当今京都的蔬菜种类之多堪为世界第一。京都产蔬菜叫"京野菜"，近年把明治维新以前开始栽培的三十六种蔬菜定为"传统野菜"。京都菜、江户菜以及各地乡土菜合在一起叫"日本料理"，虽然江户从京都夺得政治与文化的中心地位，以至有"割主烹从"之说，但从古迄今京都菜始终是日本菜的主旨。

或许公众的"京料理"不能不与时俱进，花样翻新，但私家的"番菜"仍固守旧习。京都人家待客，习惯从外面叫菜，即"仕出料理"，街上常见"仕出屋"。有人说这是京都人传统的款待精神，不惜破费，也有人说其实他们不愿让客人窥见家庭生活。红白喜事，例如守夜也吃喝一顿，叫餐的事时常发生。叫菜吃，也基于日本饮食好生冷，不需要加热，掀开食盒就能吃。这样一来，进了荫翳的京都人家也未必吃得到主人下厨的"番菜"，那就下馆子品尝。日前某专营外食的大公司在旅游胜地祇园新开一家店，店名的发音像"福利福利"，或有给游客发福利的美意。看宣传的菜谱，有三种套餐：涮猪肉、炸猪排和"御番菜"（"番菜"的卖萌叫法）。"御番菜"是鲷鱼子煮笋、汤浸炸茄子、蛋炒豌豆虾、萝卜煮油豆腐、红魔芋煮尖椒，摆在盘子里，看着就简素，吃到嘴里会不会淡出鸟？京都多老店，先斗町那里有一家"马思达"（音译），味道足以怀旧。听说店里有司马辽太郎手书的屏风，遗憾我只是听说罢了。

关于美味佳肴，有一个奇怪的标准，曰"味道跟过去一样"。按照此标准，生为东京人、死作关西鬼的谷崎润一郎对饮食的评价就依然有效，他说：在吃上，关西是上国，关东是下国，从京都越往东，菜肴越下等。京都那边是美食家的天国。"东京等地说江户前什么的，自以为了不起，想来那不就是德川草创时的乡下菜原汁原味地传到今天，所以味道都弄得过重。煮东西也使劲儿加糖或酱油，煮成黑黑的。看上去脏兮兮，没有自然风味。莫非江户人本来是乡下人，不那么浓重就吃不出味道来。而且蔬菜也好，鱼也好，关东的东西都不新鲜，不设法加工就没法吃。一般来说，蔬菜属京都，牛肉属神户（其实也是京都好吃），鸡也是京都，鱼是从大阪到本州西部一带最好吃，这是很多人承认的。原料已很好，所以关西菜尽量不损失自然风味，简单加工，自有巧妙。"这话一定让喜欢在小说中写"江户料理"的池波正太郎不爽。谷崎也夸了一句东京，却不是江户菜："关西比东京差的是西洋菜和中国菜，但不妨说，日本菜那么好，所以外国菜不发达也理所当然，而且没那个必要。"

不知何故，我常以为远离东京，或许能尝到更为纯正的日本味道，虽然也可能像影视上演的莫须有的纯爱故事。

村上好酒

这题目说的是村上春树,他有大名,好酒之事也值得一说。虽然未必像我们李白说的,自古圣贤皆寂寞,唯有饮者留其名,他若只斗酒,没有诗百篇,恐怕就是个蓬蒿人。听说诺贝尔文学奖出了丑闻,今年搁车了,一些作家记者趁这个空当另起炉灶。村上连续十多年被人们看好,却年年落空,这回新灶三把火,奖给他可以得人心,说不定这个奖昙花一现,也借以留名青史。评奖,或者为文学,或者为读者,难以兼顾,但愿评委们记住村上似含有鄙夷的话:"常有这种事,评论家大加赞扬的小说家,读者却并不特别喜欢。评论家分析评价为优秀的作品很多都得不到读者的自然共鸣。"

村上也喜好旅游,他说:"怎样的旅游也或多或少有各种中心主题似的东西。去四国时每天往死里吃乌冬面，在新潟大中午就尽情品尝味道分明的清酒。以尽量多看羊为目的旅行北海道，横断美国旅行吃数不清的薄饼（就一次，想吃个腻烦试试）。在托斯卡纳和纳帕谷把好喝的红酒大量送进胃里，几乎人生观都要发生变化。在德国和中国，不知为什么，净是逛动物园。"

村上在中国净逛动物园，一点不奇怪，因为他不吃中餐，不能吃。小时候听父亲讲过他出征中国的经历，不记得父亲干了什么或者他看见别人干了什么，总之留下了悲惨至极的印象，以致从此不能吃中国菜。我想他父亲的经历就是《奇鸟行状录》里间宫中尉讲的剥人皮。村上写历史有一个基本的观念，那就是"我说的'历史'不是单纯的过去事实的罗列或引用，而是一种集体记忆的历史。例如诺门罕的间宫中尉的强烈体验也不只是老人的叙旧，而是也被我继承的活的记忆，化作我的血肉，现在带来直接的作用"。

村上在中国净逛动物园，事出有因，我们可以见怪不怪，可怪的是他在德国也是逛动物园，德国不是有他爱喝的黑啤酒吗？

村上好酒。以前住的地方每月回收一次空瓶空罐。一个月下来，红酒、威士忌、伏特加的瓶子和啤酒罐积攒了很多，两手拎着也要跑两趟。监视扔垃圾规矩的妇人说：喝得不少啊。

月月被这么说,当然觉得很尴尬。

对于村上来说,喝酒是"小确幸"——"一件工作完了,倾杯时的心情确实是人生里的小确幸(小而确实的幸福)之一"。

他用三个汉字创造了"小确幸"这个词,似乎从字面上中国人比日本人更一望而知,加括号解释都显得多余。林语堂说过:幸福,一是睡在自家的床上,二是吃父母做的饭菜,三是听爱人给你说情话,四是跟孩子做游戏。这四样幸福虽然很确实,但似乎大了点儿。村上的小确幸是无处不在的。他把没法子衡量的"幸福"缩小到身边的一时一事,不要那么空泛,不要只当作追求的目标,幸福就在你身边,你觉得幸福你就在幸福着,虽然不免有一点阿Q精神似的。

他说得很具体:"为了在生活中发现个人的'小确幸',多少需要点自我规制似的东西。譬如忍耐地激烈运动之后喝凉冰冰的啤酒什么的,'嗯,对,就这个味儿'。一个人闭上眼睛不由得嘀咕的兴致,那就是'小确幸'的妙趣。而且我认为,没有这种'小确幸'的人生不过像干巴巴的沙漠。"

村上读大学时几乎天天喝,喝的是清酒。价廉物不美,灌下去烂醉。有人就倒地,同伴们从校园里拿来"打倒美帝"什么的标语牌当担架,忽悠忽悠把他抬回住处。

开始写小说,已经喝啤酒为主了。他回忆:"我从此把店搬到千驮谷,在那里写小说。工作完了之后,夜里把猫放在膝盖上一边慢慢喝啤酒一边写第一部小说,那时的事情至今还记得很清楚。猫好像不喜欢我写小说,经常蹂躏桌子上的稿纸。"这样写出来的小说里便荡漾着啤酒,例如《且听风吟》,那是一九七〇年,"我"暑假回到海边的故乡,靠啤酒打发十九天——"一整个夏天,我和鼠像着了魔一样喝掉了差不多装满二十五米游泳池的啤酒,酒吧的地上撒满花生壳,有五厘米厚。而且,那是不这么做简直就活不过去的无聊的夏天。"这位叫"鼠"的酒友认为"啤酒的好处吧,在于全部变成小便排出去"。恐怕有些人不同意这说法,排出去的是水,酒精早已像孙猴子钻进体内练起了拳脚。村上去盛产啤酒的国家被当作VIP接待,回来更大写啤酒,以表支持,为之宣传,颇有秀才人情纸半张的古风。而且有效果,据说有人读完他的小说立马出门买啤酒。

不过,小说里人物回家就打开冰箱拿出啤酒喝,常被人诟病,说那是美国生活。这让我又想起大江健三郎在和石黑一雄的通信中写的:"村上春树是用日语写作的小说家,但他的作品不能咬定是真正的日语。翻译成美语,就能在纽约没有违和感地阅读。村上春树那样的文学类型大概不是日语文学,也不是英语文学。不过,一个年轻的日本作家在美国被大读是不争的事实。我认为这对于日本文化是一个好兆头。他做了我、三岛由纪夫、安部公房做不到的事情。"不知为什么,我总觉得这话不像是夸村上文学。"无国籍料理"走进日本,而村上的"无国籍小说"走向世界。文学要走向世界,需要作家以全世界的读者为对象来写,只为了本国读者,心态就始终是乡土文学的。

村上爱跑马拉松,跑得累死累活,何苦呢?却原来别有所图:且不管纪录如何,跑完四十二公里之后咕嘟咕嘟一口气喝啤酒,味道真该说是无上幸福,此外想不出有什么能胜过它的美味。所以,剩下最后五公里,他差不多总是一边小声嘀咕"啤酒、啤酒"一边跑。为了喝真心好喝的啤酒必须跑漫长的四十二公里,有时觉得这条件未免严酷了点儿,有时觉得是极其认真的交易。当他谈跑步时,他最想谈的应该是啤酒。

岁月不饶人,村上却没有像好多人那样,动辄说上岁数不能喝了,不但啤酒的量没减,又喝上威士忌和红酒。酒量见长,超过了人均水平。在涩谷街头看见成群结伙喝了酒的学生,他暗想,再过十五年,他们当中一半人就要口袋里揣着胃药喝酒了,于是从大呼小叫中听出了"诸行无常之响"。喟然叹曰:"能尽兴喝酒时是人生的花季。"

本来不爱喝红酒,但跟人去了几趟山梨县的酿酒厂,便喜欢起来了。喝红酒不大讲究,贵贱无所谓,喝威士忌喜欢比较贵的。不知是生来小气,还是觉得好东西兑水就糟蹋了,他喝威士忌先是不兑水，怎么也得就那么喝一半，然后歇口气，往杯子里加水。使劲儿摇晃一下杯子，水在威士忌中慢慢旋转，澄澈的水和美丽琥珀的液体一时间画出比重不同所带来的流畅花纹，随即融为一体。他欣赏这一瞬间的精彩。

携夫人旅游苏格兰和爱尔兰是威士忌之旅，夫人拍照他作文，其乐也融融，只是那里的六月还很冷。

十多年后村上把去过的艾莱岛写进《刺杀骑士团长》里——

"说起艾莱岛，附近有个叫汝拉的小岛，知道吗？"

我说不知道。

"岛上人口很少，几乎什么都没有。鹿的数量比人多多了。也有好多兔子、野鸡、海豹，还有一家很老的酿造厂。那附近涌出非常好喝的水，适合酿威士忌。用刚打上来的汝拉冷水兑汝拉单一麦芽喝，味道特别好。真是只有在那个岛才能尝到的味道。"

像是很好喝，我说。

那里是也因乔治·奥威尔写《1984》而出名的地方。他在确是远离人烟的这个岛北端，一个人关在租的小房子里写那本书，结果冬天里弄坏了身体。是只有原始设备的房子。他一定是需要那种斯巴达式的环境吧。我在那个岛上待过一个来星期，而且每晚一个人在暖炉旁喝好喝的威士忌。

雨田从纸袋里取出芝华士的瓶子，去封开盖。我拿来两个杯子，从冰箱里拿了冰。从瓶子斟威士忌时发出很舒畅的声音，像亲近的人敞开心扉时的声音。

小说里喝苏格兰威士忌有时加冰，有时不兑水就那么直接喝，尤其叫免色的白头发的五十四岁单身汉爱这么喝。

村上真是很钟情威士忌，甚至说："假如我们的语言是威士忌，当然也就不会这么辛苦。我默默递出杯子，你接过去，静静地送进喉咙，这就完事儿了。很简单，很亲密，很正确。但遗憾，语言是语言，我们住在只有语言的世界。我们把所有事物都换成什么别的不喝酒的东西来说，只活在那种限定性之中。不过，也有例外，在一点点幸福的瞬间我们的语言真的会变成威士忌。而且，我们——至少我就是——总是梦见那样的瞬间活着，假如我们的语言是威士忌。"

假如我们的语言是中国白酒呢？村上在《奇鸟行状录》第二部里写了诺门罕，一本叫《马可波罗》的杂志请他去实地看看，正好他早就有这个想法，当即应允。这是他第一次去中国。地处中蒙边境，曾借宿兵营。当年的铁战场变成了铁墓地，绿草茫茫，他站在锈成茶褐色的坦克上，掐腰拍了照。

晚上，在诺门罕村被招待"羊料理"和"白酒"，生来第一次醉得不省人事。听说那白酒的酒精度高达六十五度，喝了四五杯，没兑水，怎么受得了。后遗症是过了差不多一个月还只能喝啤酒，惨不堪言。这酒太厉害了。

过了些年头，村上又喜欢上清酒，经常中午就在荞面馆优哉游哉地喝起来。至于原因，不知是他老了，还是日本文学史上常见的所谓回归东方。他和朋友在居酒屋喝清酒，点了"青豆豆腐"，后来两人合著的随笔集就叫了这个名，里面没有豆腐什么事。

村上肯定是一个喝酒饶舌的人，这从小说和随笔也看得出来。他还说：读了他写的东西以后，哪怕你滴酒不沾，要是也有了"啊，不错，也想一个人大老远地去那里，喝喝当地的好喝的威士忌"这种心情，那他作为笔者可大为高兴。

抄了人家这么多说辞，为让他高兴，喝酒去。